写给大自然的情书
荒野游踪

家在九芎林

徐仁修 撰文·摄影

北京大学出版社
PEKING UNIVERSITY PRESS

图书在版编目（CIP）数据

家在九芎林 / 徐仁修撰文、摄影. —北京：北京大学出版社，2014.7
（徐仁修荒野游踪·写给大自然的情书）
ISBN 978-7-301-24160-8

Ⅰ.①家… Ⅱ.①徐… Ⅲ.①随笔—作品集—中国—当代 Ⅳ.①I267.1

中国版本图书馆CIP数据核字（2014）第078748号

书　　　　名：	家在九芎林
著作责任者：	徐仁修　撰文·摄影
丛 书 策 划：	周雁翎　周志刚
责 任 编 辑：	周志刚
标 准 书 号：	ISBN 978-7-301-24160-8/I·2749
出 版 发 行：	北京大学出版社
地　　　　址：	北京市海淀区成府路205号　100871
网　　　　站：	http://www.pup.cn　新浪官方微博：@北京大学出版社
电 子 信 箱：	zyl@pup.pku.edu.cn
电　　　　话：	邮购部 62752015　发行部 62750672
	编辑部 62753056　出版部 62754962
印　刷　者：	北京中科印刷有限公司
经　销　者：	新华书店
	650毫米×980毫米　16开本　10.5印张　122千字
	2014年7月第1版　2014年7月第1次印刷
定　　　　价：	39.00元

未经许可，不得以任何方式复制或抄袭本书之部分或全部内容。
版权所有，侵权必究
举报电话：010-62752024　电子信箱：fd@pup.pku.edu.cn

目 录 CONTENTS

一九七九年序：童年与乡愁/1

我把这部小说集献给我童年的伙伴们，献给昔日自己制造玩具的一代，献给现代玩电动玩具的儿童，也献给那些长大了，老了，而仍怀有赤子之心的大人们。

二〇〇〇年序：回首纯真年代/3

这些"老"读者对于书中的故事，以及小男主角的行径可用"津津乐道"来形容，甚至还把他们童年时代与书中雷同的故事与经验分享给我。我们常常或笑得人仰马翻，或为那些永远消逝的美好经验而不胜唏嘘。

庙坪上的首级/7

雄牯像箭一样冲出来，直向大士爷的头奔去。"咔嚓"一声，大士爷的头自颈部折断，整个手被雄牯的身子压在地上。"啪！"的又是一声，大士爷的整个头部就扁了……

水灯上的两毛钱/15

在斜阳照射下，白花花的两毛钱硬币，闪闪发出一种小孩子无法抗拒的诱惑。

火烧大士爷/25

庙祝听到身后有异响，看见鬼像竟然自己走动起来！他吓得嘴巴张得大大的，接着就昏倒在地上。

万善堂之夜/36

龙眼树在一阵剧烈震动之后，突然树枝间出现了一个灰白色身影，在月光下与树影间晃动着，像煞歪头李去年中元深夜在那棵树上吊自杀的情景。

福佬人来镇的时候/46

雄牯不顾一切地一个箭步跳过去，一伸手抓起那蛇的尾巴，并将蛇身提在头上猛掉转甩着，然后重重地往地上一摔，并同时以脚踩住蛇颈。

目录 CONTENTS

决斗头前溪/61
当三个牧童落地仍在惊慌未定时,突然四面芒草中冲出一大群少年,把三个牧童围在中间,每个少年手上都有一副拉满的弹弓对着他们。

离家出走/75
雄牯立刻看见稻草堆那边冒着好大的烟火。雄牯急忙跑过去,草堆中间已经燃成一片火海。

牧童之歌/86
要分开两只相斗的牛是非常危险的事。雄牯点燃了干草,持着燃烧正炽的火把冲到战斗中的牛旁,将火把刺在两个牛头中间,两头牛立刻向后跃开,分向两个方向狂奔而去。

捉妖记/100
忽然乩童惨叫一声倒了下去,光头老人立刻跑进房间。他伸手去拉乩童,却忽然感到手上一阵刺痛。他定神一看,一条毒蛇正盘在地上,离他的手掌不到三寸。

荒河寒夜/110
恐怖在他们中间传来传去,忽然其中一个叫了一声:"鬼煞!"然后丢下扫把就往回路狂跑而去,接着剩下的人也跟着奔逃。

顽童与石虎/124
那是一只雄牯从未见过的猫,身体比一般家猫高且长,灰色的毛皮,上有黑色的圆斑,像极了一只小豹子。这时朝阳正缓缓升起,晨光照在它身上,钱币似的圆斑像浮雕一般呈现出来,美丽极了。

春 雨/146
雄牯背着半袋的竹壳半跑着,想冲到小屋的屋檐下避雨,忽然他发现一个瘦而美的小女孩,他们的眼光突然碰在一起,两个人默默地互相打量着。

二〇一〇年后记:还孩子一个快乐童年/158
《家在九芎林》是我的童年生活。虽然穷苦,却直接面对生活,深入土地,与自然万物为友。虽然得到的栽培少了一些,但也很少受到压抑。我们的生命力更强,情感更深厚,也更有创造力。

童年与乡愁

离开家乡愈遥远就愈惦念故土,年华越老大就越怀念童年旧事。

大家庭、穷苦、做不完的农事,是我童年时代的大背景,也是国民党来台后的最初十年间。

整个童年大多在新竹乡下的九芎林(今新竹县芎林乡)度过,环绕我童年最重要的莫过于伙伴了。像小堂哥阿正、小堂弟老鼠湘、鉴仔,五座屋庄中的栋仔、添丁、母猫草,五股林的猴仔旺,下山的流氓俊等。我们要好、吵架、打架、绝交,又和好如初,如此一再地循环着童年。那许许多多哀哀乐乐、发生在那时代的故事,是今天的孩子们再也看不到或经历不到的事……

这些短篇小说,大部分都是写于中美洲尼加拉瓜蛮荒里的农场,以及菲律宾民多罗岛的丛林里。

我把这部小说集献给我童年的伙伴们,献给昔日自己制造玩具的一代,献给现代玩电动玩具的儿童,也献给那些长大了,老了,而仍怀有赤子之心的大人们。

记得　那年夏天
我犹是四尺顽童
寂寞的午后
无意中走上树影斑驳的野径
头上乌鹜扑翅飞过
两旁小蝉群鸣

在遁隐深处
潺潺水声有若微风
穿过炎热的夏境
依稀听见伙伴遥远的呼唤
一声　接着一声

我不知不觉地走向更深荫
在九芎树洁滑的枝干间
看见了　溪中戏水的村童
第一次　体会了感动
第一次　触到了生命

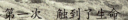

回首纯真年代

这几年,我为了推动保护自然生态,经常到各处演讲或带活动,常有人会趋前来对我说:"徐老师,我是读您的书长大的!"

我总会问:"是哪一本书?"

"《家在九芎林》!"这是最常听到的答案。

这些读者也都会说:"我到各书店都买不到这本书!"

有的是老师想买这本顽童之书送给他聪明的学生,有的是父母想用这本老少咸宜的书来让孩子分享爸妈的童年。

让我最吃惊的是,这些"老"读者对于书中的故事,以及小男主角的行径可用"津津乐道"来形容,甚至还把他们童年时代与书中雷同的故事与经验分享给我。我们常常或笑得人仰马翻,或为那些永远消逝的美好经验而不胜唏嘘。

书中有许多的"小朋友"已经"谢谢收看",有的移民外国,有的童年之后就不曾再见,或者下落不明,当然更多的人会问我:"见过阿凤吗?"

我真的不知道她的下落，也没有勇气再见阿凤，我害怕破坏了童年时那份天真童稚的凄美。

　　在这千禧年，远流出版社愿意重新出版这本当年被誉为"东方的顽童历险记"的传记体小说，分享给"E时代"（电子时代）的小朋友，或许能让他们在"E"之外找到阅读小说的快乐，以及人文的喜悦。

九芎树

6/ 家在九莒林

暮春时节

庙坪上的首级

中元节这天来临前,各农家都赶着把新禾田的杂草除完,这对年仅十一岁、又一直被农忙羁绊的雄牯来说,真是如鸟出笼的大日子。

"老鼠湘,我们找阿福一道去王爷庙偷看师公糊大士爷吧!"中元节前一天吃过午饭后,雄牯小声对比他小一岁,身体比他细小得多的堂弟说。

两个人悄悄绕过屋后,深恐被那些死要跟着屁股跑的小堂弟们知道。他们沿着小溪的护岸杂木林带前进,等到了有桂竹混生的地方,就折入小溪,涉过溪水,爬上对岸的林带。去阿福家他们从不走牛车路,那要远得多,除非雄牯偷骑他阿爸的脚踏车。

这条秘密的小路是堂兄弟两个人闯出来的,虽然不好走,却很近,而且一路上充满刺激和野趣。他们遇见过行动迅捷的过山刀蛇,抓过好玩的笋蛄*,也捡过鸟蛋,采过鸡肉丝菇,还有一次巧遇庄头人来毒鱼,雄牯还捞了一篮子的鲫鱼。

钻出护岸树丛,一大片绿油油的稻田立刻呈现眼前,一座老

---

* 笋蛄:一种吃笋子的象鼻虫。

旧的典型客家三向墙头屋，就坐落在偌大的水田中间，好似一条蜷着身子睡觉的老猫。这就是阿福的家。

午后的田野出奇的沉寂，空气中飘着水田刚除过草的特殊气味，老屋的烟囱正吐着蒸饭的炊烟，细而直，飘入蓝蓝的天空里。

"今天真可爱，不是吗？雄牯！"老鼠湘走在后面赞叹地说，同时征求雄牯的同意。

"是呀！"雄牯回答着，"从学校放暑假那一天开始就是一连串做不完的农事。替割禾师父捧禾束、拾稻穗、挑稻草，接着马上是踩禾头、割田埂草、搬秧苗，然后是薅草，一次，两次，直到今天中午才结束，可是暑假也只剩下十五天了。"雄牯惋惜着，无可奈何地说。

"啊！没有工作的日子，每一天都得好好过啊！"雄牯说。

两人沿着新割过草的田埂向阿福家走去，才靠近晒谷场，两只土狗吠着冲上来，一黄一黑。

"黄头！乌龙！乖。"雄牯喊着狗。

两只狗立刻摇头摆尾，咧着嘴，高兴地扑向他们身上，雄牯抱住了黄狗，老鼠湘则忙着躲避黑狗过分亲热的动作。

"嗨！雄牯，老鼠湘！"一个看来跟雄牯差不多大的村童打着赤膊，从矮竹长成的篱笆里走出来，下身穿着由肥料袋子缝制成的内裤，裤子上还可以清楚地看到红红的大字——硫胺，四十公斤装。

"嗨！阿福，食饱没？"雄牯说。

"还没，"阿福说，"正在等我阿姆蒸米粽！"

老鼠湘嗅着空气中的米粽味，咽了一下口水。

"要去看师公糊大士爷吗？"雄牯热切地问。

"我不敢去，我阿爸一定会打我。大士爷是鬼王，没糊好以前不准看,大人们都说小孩子看了会生病的。"阿福带着恫吓的语气说。

"阿福!"雄牯不耐烦地说,"你要什么都相信大人说的,那你只有天天在家割草看娃娃,什么都不要玩,哪里也不要去。你看,阿福,上次我当着庄里大伙的面用抓蝴蝶的手摸鼻子,也没有像大人说的鼻子会烂掉,我抓蜻蜓,也没有像大人说的会长臭头。"

"是啊!阿福!"老鼠湘深以为然地说,"我和雄牯抓了一大堆的蟾蜍去学校吓女生,我们也没有像大人说的长大脖子(甲状腺肿)呀!谁不知道大人总爱骗小孩。"

"可是我阿爸不会准我去看的。"阿福犹豫着说。

"哟!阿福,你什么时候变成老实伯了?你不会说暑假作业不会做,要去问住在街上的同学吗?"雄牯带着嘲弄的口气说,"要不是忙着中元节的事,你那个不识字的阿爸还会用脚踏车送你去哩!"

"等米粽捞出锅后就走!"阿福说。

老鼠湘轻轻咽了一下口水。

"我们真该骑脚踏车来!"阿福在通往街上的路途中,故意轻描淡写地说。

"阿福!你会骑脚踏车了?"老鼠湘敏感又惊奇地问。

"没什么!不到一个礼拜就学会了。"阿福耸耸肩说,好像那事不值得一提,唯有这样才能显出他有多了不起。

"坐骑还是穿脚骑?"雄牯有点紧张地问。

"穿脚骑,我的脚踩不到踏板,不敢上去坐着骑。"阿福说。

雄牯松了一口长气,"还好!"他想,"不是坐骑,不然阿福要神气起来了。"

"会载人吗?"雄牯问。

"我不知道!"阿福说,"没有人敢让我试。"

"那你还早呢!"雄牯故意神气地说,"我穿脚骑可以载两个人,不信你可以问老鼠湘。"雄牯一面说一面使眼色暗示老鼠湘。

"是啊!雄牯上次载我和栋仔两个人,只是……"老鼠湘突然住了口。他看到了雄牯对他瞪眼,他心里可是想着:"只是连人带车冲进坡下的牛浸塘里。"那次事件以后,他有一个多月不敢再搭雄牯的车,每次雄牯去五座屋的小店买东西,他只好跟在后面跑。

虽然是下午了,九芎林这唯一的小街,在这中元节的前一天却很热闹,许多山里的人挑着一篓一篓的龙眼、菝仔*、柿子在街尾的市场叫卖。

他们走过市场,到了王爷庙前的空地——庙坪,那是节日上演大戏(外江戏)的地方。他们三个人在卖冰棒老头的旁边不知不觉地停下来,旁边几个小孩子啧啧有声地把红色的冰棒吸吮成白色。大热天里,冰棒融得非常快,最小的一个孩子来不及吮食,冰化成红色水珠一滴一滴落到地上。三个人注视着那水融融的红冰棒,喉咙痒痒的,嘴里充满着融融的口水。一个较大的孩子突然低下头去吸那个小孩子水溶溶的冰棒,小孩立刻就哭起来,两脚在原地重重地跺着,哇哇地哭了起来。

"弟——不要哭嘛,我没有咬嘛,你看!"大孩子说。

小孩含着泪水,举起冰棒,看了一会儿,就把被吮成尖形的冰棒前端塞进嘴里,红红的冰汁从嘴角流出来,与脸上两道泪水一同在下午的阳光下闪闪发亮。

雄牯带头离开,阿福跟了上来,老鼠湘一面举步一面回头去看那个小孩子。他望着那融化的冰水流到小孩子握冰棒的手上,

---

*菝仔:即蕃石榴,台湾人也称其为芭乐。

心里感到一阵难过。

三双赤脚半跑半跳穿过晒得热烫烫的石庙坪，进入连着石围墙的大庙门，立刻一股线香味袭来。他们在正殿前的院子里停步，举目察看，有人在殿内烧香，却没有大士爷的影子。

"一定在后殿！"雄牪肯定地说，"跟我来！"

三个人从侧廊进入后殿。果然有两个人正在后殿前的小院落上忙着，巨大的大士爷侧躺在木马凳上，上半身已经糊好，恐怖的黑色大鬼脸正向着前门，铜铃般大的白眼睛好像怒瞪着他们，三个人立刻为之却步。一个老年人正在用色纸糊大士爷的鞋子，另一个老人在一边将锯好的竹筒劈成竹片。

雄牪慢慢镇静下来，首先跨入院内。一会儿阿福与老鼠湘也蹑手蹑脚来到雄牪旁边，三个人出神地看着老人剪剪贴贴。

"雄牪！"阿福突然说，"你是五座屋庄最大胆的孩子头，你敢不敢去摸一下大士爷的脸，如果你敢，埤塘窝那些山小鬼都会做你的部下。"

"有什么不敢？"雄牪虽然这样说，心里可是七上八下的，脑子里立刻想着要用什么理由来推却。

"真的？你去摸摸看，我和老鼠湘在这里看。"阿福挑逗地故意装出吃惊状。

"可是要摸也得等糊好啊！"雄牪装着正经说，用来表示这个理由的堂皇无懈。

"我就知道你不敢，不敢就算了！"阿福不屑地说。

"我是说糊好以后，可不是不敢！"雄牪理直气壮地说。

"糊好不糊好根本没有关系，你心里有数。对不，老鼠湘？"

老鼠湘不敢回答，不过他心里可觉得阿福对。

雄牪一时哑口无言，脸红红的闷在那里。

"雄牯！你以前说你敢在坟场撒尿，敢摸装死人骨头的金斗瓮。怎么，没种啦！"阿福总想找一些难题来挫挫雄牯的气焰，因为阿福身材虽然比雄牯高壮一点，可就是没有雄牯的胆量，打架也没有雄牯凶猛，落得一切都要听雄牯的。

"摸吧，雄牯！那不过是纸糊的。"老鼠湘替雄牯打气，他听不惯阿福的讽刺语气。

雄牯为难地侧过头去看老鼠湘说："可是这是鬼王呀！"雄牯又偏过头去偷看阿福，阿福神气地回他一眼，好像说："你也不过如此而已。"

"好！我摸！"雄牯突然把心一横，他一说完，立刻感到后悔与恐惧。

雄牯深深吸一口气，又看看四周，默然而无力地踩出一步，又半侧过脸看了一下老鼠湘关心的眼神。他慢慢地从右廊绕过去。

"我必须走到里头，由内向外跑，然后在经过大士爷的头旁边时快速伸手摸一下。这样既不会被阻止，也不必面对大士爷可怕的鬼脸，而且就算有什么事发生，我也可以一下子冲出去。"雄牯想。

雄牯走入内殿，再回转身子。他的视线越过大士爷，看到了下午强烈的阳光照在阿福与老鼠湘两个人紧张不安、流着汗的脸上，他忽然觉得好笑。"真像那根融化了的冰棒。"他想。

老鼠湘和阿福眯着眼睛想看内殿的雄牯，但逆着强光他们看不清内殿，突然他们模糊地看到雄牯的手搭在门神的肚子上。

雄牯看妥路线，突然又犹豫起来。他感到一股阴森的寒意，他咬了一下牙。"大士爷只是纸糊的！"他安慰着自己，同时深吸一口大气。

老鼠湘刚把手掌举到眉上挡住射入他眼中的阳光，他立刻看到雄牯像箭一样冲出来，直向大士爷的头奔去。

突然雄牯身后暴出一声男人的喝骂:"小鬼!你想干什么!"刚冲近大士爷的雄牯被这晴天霹雳之声吓住了,奋力想煞住快跑的身子,却一脚踩到了地上圆滚滚的竹筒,一个踉跄,身体失去平衡,整个人扑在大士爷斗大的鬼脸上。

"咔嚓"一声,大士爷的头自颈部折断,整个手被雄牯的身子压在地上。"啪!"的又是一声,大士爷的整个头部就扁了……

在场的人都被这突如其来的变故惊呆了,整个后殿顿时寂静得好像深夜。

"小鬼你要死了!"过了几秒钟,刚才那一声霹雳又突然暴响起来。一个短发、个子不高、年约五十多岁的男人从雄牯身后追了上去。

雄牯趴倒时,脑中立刻浮起了那幕自己被一个暴怒的农夫揍了一顿的事。那次雄牯去偷木瓜,他爬到高高的木瓜树上,刚伸手采到黄软软的大木瓜,突然树下一个男人粗暴地破口大骂:"打烂你的屁股!"雄牯吓了一大跳,大木瓜就从手里掉了下去,正好打在那人的头上。稀烂的木瓜浆"好像婴儿的软屎,裹住了那人的头、脸和上衣",雄牯在木瓜树上时这样想。后来,他被那人揍了一顿,屁股痛了好几天。

那一声来自身后的怒骂惊醒了雄牯,他立刻爬了起来,拔腿就跑,可是大士爷的首级不知怎的却紧紧地黏在他身上。雄牯惊惶失措,一面往外跑,一面用手拼命去扯附在身前的大士爷首级,可是怎么也扯不下来。

"细猴仔,你还不给我站住!"后面的男人一面追一面大叫大骂。

阿福和老鼠湘早一溜烟跑到街上去了。

雄牯身前附有大士爷的大首级,因而跑不快,所幸后面的人也跑不快,因此雄牯跑出前殿时尚未被逮住。

雄牯冲出前殿往大门跑去,在经过院子里的小沙堆时,快跑的脚突然踩到大士爷那用红布条做成的长头发,雄牯一下子就趴倒在地,立刻感到背上一阵裂痛,他知道挨到那人的竹鞭子了。

"我打死你,你这绝代的细鬼仔!"那人一面打一面骂着。

雄牯在地上迅速地翻过身面对那人,那人的竹子就打到了护在雄牯身上的大士爷鬼脸,鬼脸立刻破了一条裂痕,露出里头的竹片和稻草。这时雄牯看清了打他的人就是庙祝。"遇见这个小孩子都讨厌的老货仔,这下可衰运了。"雄牯想。

大士爷的脸被庙祝打破,庙祝又气又恼,竹鞭就往雄牯头脸上打去,雄牯用左手护着脸,右手撑在沙地上。竹鞭就像五月赶不开的苍蝇,一再地落下来,突然雄牯的左手抓住了竹子,右手抓起一把地上的沙,朝庙祝脸上一扬。

"唉哟!夭寿绝代!"庙祝松开竹子,双手掩脸而退。

雄牯立刻跑出庙门,停在庙坪上扯着大士爷的首级。这时,他才发现大士爷头后有许多突出的铁丝钩住了他的衣服和扣子,难怪扯不下来。他还以为是大士爷显灵,把他吓坏了。

雄牯把大士爷的首级留在空荡荡的庙坪上,看看四周,然后慢慢、若无其事地走入庙坪旁的小窄巷。一进入小巷他就像发疯一样开始拼命跑,好像后面有什么可怕的东西在追他。

一群嘴吮着冰棒的小孩好奇地走到庙坪中间,围着一个奇怪的、花花绿绿的扁东西指手画脚,其中一个小孩忽然伸手把那东西翻过来,孩子们立刻慌慌张张地叫喊着像潮水一样跑开。半下午的艳阳照在大士爷破裂的黑脸上,呈现出一张气恼、受激怒又受惊吓的奇怪表情,瞪着铜铃般大的白眼睛,好像他不敢相信这件事竟然发生在他身上。

水灯上的两毛钱

雄牯在庙里惹了事被庙祝追打脱险后,一口气奔出了九芎林的街道,到了通往新埔的岔路口。阿福和老鼠湘早已在有人供茶的凉亭里焦急地等候多时。

"雄牯!被揍着了?"老鼠湘指着雄牯额上的几道红斑说。

"是啊!我被庙里三个老货仔围揍!"雄牯喘着气吹牛地说,"不过也没什么,我双手两把沙子就解决了两个,再用郑香师那一招'武松打虎',一下就踢中了那个庙祝的哈卵(睾丸),当然,我挨了几鞭。"

"渴死我了。"雄牯拿起茶桶旁破了边的茶碗,倒了一碗用蕃石榴叶泡的茶水喝。

"痛不痛?"阿福问。

"痛死了,比被那个教国语的唐山*先生打得痛多了。"雄牯撩起衣服让阿福看。

"哎呀,雄牯你出血了!"阿福走上来,把雄牯的衣服撩得高高的说,"老鼠湘,拿泥沙来止血。"

---

*唐山:台湾民众对祖国大陆的通称。

老鼠湘熟练地用泥沙敷在雄牯后背的伤口上，任何小伤他们都是这样处理。

看着脸色不太好的雄牯，阿福心里有点难过。雄牯挨打他得负一大半责任，他真怕雄牯找机会整他。

"雄牯，我们去捡水灯钱，怎么样？"阿福突然想起了中元节前一天的下午正是燃放水灯的时候。提供这件事，雄牯一定会原谅他。

"哎呀！我怎会不记得了！"雄牯大叫起来，果如阿福所想。"走！再迟一点就来不及了。"雄牯立刻放下仍未喝完水的茶碗说。

三个人品字形地跑着上路，沿着马路跑了一段，就折入左边通往菜头寮的牛车路，十几分钟后已经到了石堤防。爬上了石堤顶，就听见那种双人抬的大鼓遥遥地咚咚作响。他们感到一阵兴奋，加快脚步，沿着石堤顶上热烫的铺石往前跑。

过了石堤尽头他们走进河坝田的田埂，这时锣鼓声已清晰可闻。三个人又加快了速度，一会儿老鼠湘就逐渐地落后。

"雄，雄牯，等……等我一下嘛！"老鼠湘吃力地大声说，脸色有点苍白。

雄牯慢了下来，老鼠湘微弯着腰，左手按着左下腹，佝偻地小跑步赶上雄牯。阿福也受不了，大热天里跑这么一大阵子，三个人汗如雨下，汗水湿透了阿福那件用肥料袋裁制的内裤，上头的红字显得更清晰。跑在后头的老鼠湘默默地反复念着阿福屁股上的红字——"四十公斤装"，苍白的脸也忍俊不住，变成一张混着痛苦的笑脸。

穿过了河坝田的防风林，就到了头前溪河床，清澈的溪水隔着一块小沙洲，在酷暑的下午蓝焱焱地流着。一大群人在稍下游的地方沿河伫立着,每个人都捧着一个水灯,水灯是用香蕉茎或竹筒做浮底,上面糊一个纸屋,这是邀请河海中的孤魂野魄前来享受中元节的牲礼用的。

三个人慢慢穿入人群,一个着道袍的老道士站在水边喃喃念着经。这时子弟班的乐声都停了下来,雄牯在人群中左钻右挤,想挤到前面去看道士念经。

"雄牯!"当他挤到子弟班旁边时,突然有人轻唤着他。

"喂,雄牯,是我。"是一个带着笠帽、背上背着有竹架固定的鼓、年龄与雄牯差不多的孩子。他走上一步,轻搥一下雄牯的手臂说:"你来做什么?"

"哟,梁头,是你,你背着鼓好像驼子。"雄牯回他一轻拳说,"我一点也认不出你了。"梁头是雄牯的同班同学。

"七月半到了,不好讲坏话。"梁头正经地说。

"阿福!你也来了。"梁头看见挤到雄牯身边的阿福,有点吃惊地说。

"哦!是梁头啊!我以为是哪个老乌龟。"阿福看着梁头忍不住笑着说。

"嘘!中元节,不好乱骂人。"梁头食指比着嘴唇说。

"梁头,你背鼓可得几多钱?"雄牯问。

"一个银(一块钱)!"梁头神气地回答。

"哇——这么多。"老鼠湘情不自禁地叫了起来,"那可以买十支清冰,或者五支豆仔冰了。"

"一个银,也就是十角银。"雄牯心里想着,"我才不这样憨全部买冰,我要买二支冰棒(二角)、十个橄榄(三角可以多一个)、二根棒棒糖(二角),再一根加花生粉的麦芽糖(一角)、一个梅饼(一角),留下一角银到店仔去抽树乳糖(泡泡糖)。"

"才没这么好！"梁头对老鼠湘说，"我得缴八角银给我阿爸，因为开学时，我阿爸要买新型的、有橡皮擦子的铅笔给我。"梁头有点无奈又有点神气地说。

想起背鼓，就叫雄牯伤心，因为以前雄牯也背过。那时雄牯才小学三年级，他像今天的梁头一样，背着一个硬鼓让跟在身后的鼓手敲。可是雄牯沉不住这种单调的步子，不是走得太快以致鼓手打不着鼓，就是步子太慢，使得鼓手撞上硬鼓。结果鼓手打出了乱鼓，挨了子弟班领头的骂。几次以后，那鼓手一气之下，抬起一脚踢中了雄牯的屁股，雄牯向前扑倒，正好扑在前面鼓吹师移动的脚跟上，那个正猛吹着鼓吹的乐师立刻被雄牯绊倒，那支长长的鼓吹就随着扑倒的身子重重地摔打在地上，木制的管子一下子断成两截。雄牯爬起来一看，发现闯了祸，丢下背上的鼓拔脚就跑了。雄牯从此失去了背鼓的机会。

"暑假作业做完没？"梁头突然问。

"嘿，一个字也没写。"雄牯耸耸肩说，"所以两次返校日，我都没敢去，我逃学到打砖窝的山上去找野菝仔吃。"

"你不怕开学时挨打？"梁头说。

"惊死（怕死）！"雄牯不屑地说，"暑假作业十天也写不好。我给老师打一顿，不过五分钟就不疼了，所以很合算。"

"走，阿福，老鼠湘！"雄牯扭头而去，"到下面旧渡船潭去吧！"

"你们要去捡水灯？"梁头提高了声音问。他心中着实羡慕雄牯那种不受拘束、天不怕地不怕的样子。

"是啊！总比背他姆的死鼓爽快！"雄牯一面走一面说。

"梁头，今年是你们家当调（中元轮值宰猪祭鬼）？"阿福问。

"是啊！这次轮值五股林庄当调，我阿爸是正炉主……"

梁头说。

"你家的神猪有几大？"阿福又问。

"差不多四五百斤吧！"梁头夸大地说。

"这么小，前两年我们家的神猪六百五十斤重哩！"阿福吹牛地说。然后他也追着雄牯去了，留下梁头有点难过地呆在那里。

"我就要赚到一个银了。"梁头自我安慰地想着。

雄牯沿着溪边往下走，到了溪水大转弯之处便停下来。溪水转过弯就流入又长又阔的旧渡船潭，到了这里水变得深而缓。在这里游水较安全，而且水灯漂得很慢。

雄牯和阿福脱下了当外衣穿的内衣，站在水流转弯处看看上游人群的动静。有一次雄牯因为太靠近放水灯的地方下水捡水灯，结果被那些放水灯的人用石子丢。现在雄牯学聪明了，等水灯转过弯，人们看不到的地方再下水。

锣鼓突然紧密地响了起来，人群乱哄哄地忙着把水灯内的烛火点着。

这时候，在雄牯他们站立的对岸，突然出现了两个十四五岁的牧童，后面跟着四条大水牛。那两个人张望了一会儿，放下了拴牛的绳子，突然大声朝着这边说："细鬼仔，闪开一点！别想来抢水灯，不然教你们变水鬼。"那个看起来较高、皮肤较黑的，满脸骄傲凌人地恫吓他们说。

那两人样子看起来怪凶悍的，许久未理的松乱长发半遮住眼睛，破而脏的衣服代表他们不怕死活的性格，再加上恶声恶气的声音，把雄牯等吓住了。

"就是这两个菜头寮的掌牛鬼（牧童），上次在新渡船潭把五座屋的添丁和俊牯打伤了。算衰运，碰上这两个鲁鳗（流氓）。"雄牯愤愤地低声说。

放水灯

那两个牧童脱下上衣互相展露身上的肌肉,他们互相调侃着。"嘿!你看,我的腋下长毛了,嘻,嘻。"一个大声地笑着说。

"好骄傲!"阿福轻声、不服气地说。

"算了!雄牯,我们到下游一点,反正水灯有一两百个,他们两个人拦不了几个。"老鼠湘说。

"不!他们两个人游在中间,只要把那些前面夹着银角的水灯拦下,把一角银拿起来就够了。虽然水灯不少,但是真正放银角的水灯可没几个,其他的水灯都是用那些日本殖民台湾时代的黄钱压灯,我们在下游可能一角也捡不到。"雄牯说到后来,语气变得有点悲伤及失望。

"他姆的!这两个发瘟、生黄病的夭寿仔,就会欺负比他们小的。"老鼠湘恨恨地说。

"雄牯,你跟那个较矮的单打,打得赢吗?"阿福问。

"怎么打,他比我高半个头。"雄牯不敢再逞强。

这时上游的人群已经开始把水灯三五成群地放入河中,一下子好像有无数的小船漂流在头前溪中。

那些水灯很快地漂近,转过弯,一进入旧渡船潭就慢了下来,那两个牧童早已游在潭中间等着。

最前面的水灯漂近牧童时,他们只看了一眼就让它漂走,第二个、第三个也都是这样。

"今年当调的一定是乞食村,都是拿这些古时钱、日本钱压灯。"一个牧童在水里大声说。

"是啊!不然就是吝鬼村。"另一个大声回应。

"哈!有了,一角银。"游在前面稍左的突然叫了起来。

"嘿!我也捡到一角了。"另一个也高兴地大声说。

雄牯听得心里直痛起来,水灯一个一个地漂过去,他们三人的失望越来越深,老鼠湘再也忍不住地哭起来,呜咽着说:"欺人……太甚了。"

"啊!雄牯,你看那个贴着红纸条的水灯。"阿福指着一个刚转过弯的水灯说,"是用二角银压灯!"阿福激动地说。

在斜阳照射下,白花花的两毛钱硬币,闪闪发出一种小孩子无法抗拒的诱惑。

雄牯看着两角银,又看看水里的两个牧童。突然瞥见了一头水牛走近水边喝水,雄牯灵光一闪,他俯身捡起一块石子,用力掷在那头牛的身上,那头牛猛然像触电一样弹跃起来,然后回头狂奔而去,另外三条水牛也随即拔脚放足而跑。

"牛走喽!牛走掉喽!"雄牯大叫着。

两个牧童偏头一看,脸上露出惊慌之色,立刻向对岸游去。雄牯接着就跳下水,向着那个贴红纸条逐渐漂开的水灯游去,不一会儿就追上了。雄牯小心翼翼地取下两毛钱,然后舒了一口长气,游到岸边把两毛钱拿给老鼠湘:"拿好!"他说着,又回头进入水中。阿福也早已下水,在水中游来游去。但是当最后一个水灯也漂去时,他们没有再多捡到一毛钱。

雄牯一上岸,抓起内衣就开始跑。"快去买冰!"他一面跑一面说,老鼠湘和阿福在后面追着。

他们在石堤防上追到了放水灯的队伍,也找到了唯一随队伍来卖冰棒的小贩。

"买二支清冰!"雄牯举着两毛钱,有点神气地对那背着一个蓝色大木头冰箱的中年人说。

"哎呀!卖光啦。"那人说。

三个小孩突然变得目瞪口呆,你看我,我看你。

"一支也没有?"雄牯迫切地加重了语气。

"事实上还有三支，但是已经变软，并且有一点融化了。"那人说。

"看看好吗？"雄牯满怀着希望急切地问。

"好！"那人打开写着"恒生冰店"的蓝色木箱子盖，又翻开一层厚布，三支粉红的冰棒躺在箱底，表面有一点融化了。

雄牯看了一会儿，又看看放在底层隔板下，那些用来维持低温的冰块，突然说："两角银买你那融了的三支，再加那些融剩的冰块。怎么样？反正你也卖不出去！"

那人迟疑着。

"哎呀！你现在不卖，你就白白浪费了。"老鼠湘恫吓着说。

那人低头看看冰棒然后说："好！"

三个人各拿着一支粉红色冰棒和一块薄得像玻璃一般的冰块，在仍热烫的石堤上坐着慢慢地吸吮，放水灯的队伍早已消失在石堤的那一边。

"真好啊！没有工作的日子。"雄牯感动地说。

"天天这样有多棒——"满口含着冰块的阿福说。

"世界上还有什么比冰棒更好吃的呢？"老鼠湘取出含着的冰棒，闭起眼睛喟叹着说。

太阳落在菜头寮那边的丘陵上。防风林里的马鼓蝉在无风的七月近晚，极富韵律地嘶鸣着，好像起落的潮声。远处五座屋庄的炊烟一缕一缕扬得高高的，炊烟散去的空中，三三五五的夜鹭轻轻地飞过……

"回家吧！"雄牯疲倦地站起来说。

三个矮小的村童拖着长长的影子，慢慢地消失在石堤的远处，马鼓蝉更加狂鸣着，在苦楝树上。

苦楝树

火烧大士爷

中元节这天，一早到处就洋溢着一种兴奋而又忙碌的气氛。十一岁的雄牯一起床就发现家里的男人都走了，有的上街采购，有的到今年轮值杀猪普渡的五股林庄的亲家——林家去帮忙，留在家里的妇人则忙着杀鸡宰鸭，磨米做糕点。

"老鼠湘！快起来！"雄牯喊醒老鼠湘说，"我们去大路放牛，顺便打听今年五股林庄大猪比重的消息。"

大猪比重是人们最注目的一件事，五股林庄的每房人家都养了一只硕大无比的猪参加比赛，其中以林家与刘家竞争得最厉害。

雄牯和老鼠湘未及刷牙洗脸就去吃早饭，然后把五只大水牛拉到大马路上去吃路边的草，几个小堂弟也跟来了。

马路上行人来来往往，有的肩挑着大篮，有的手提着小篮，没有空手的人，人们相遇时，都在传递着他们从别处听来的有关大猪比赛的消息。雄牯和老鼠湘也见人就问，他们希望林家的大猪获胜。这不只是因为林家是雄牯家的亲戚，同时也因为林家的小儿子——猴仔旺也是雄牯的死党。他们常在一起照顾那只大猪，私底下他们都把它当做他们三个人养的，是他们谈不完的话题,也是他们共同的希望,希望它得第一名,或者至少不要输给刘家,免得刘家的小儿子——雄牯的同学火鸡公阿炎以后在学校里神气。

在中元节以前,大家都看好林家,认为林家赢定了,而且估计要胜过刘家差不多三十斤重。

当路上的一个村人告诉雄牯刘家的大猪以六百九十一斤得第一,林家的以六百八十九斤得第二时,雄牯和老鼠湘几乎都哭出来了。

"其中一定有问题!"雄牯愤怒地说,"说不定刘家串通了评审,在过磅时偷斤减两。"

"想必是这样!"老鼠湘忽然想通似的,"不然这三十斤哪里去了?那评审员必定会像老湖伯那样遭天谴。"

"你说那个忽然倒在老土地庙前的果菜贩老湖伯吗?"雄牯问。

"是呀!记得吧,当时我们和阿鉴、阿锦在老土地庙前的空地上玩弹珠,老湖伯忽然倒下去,痛苦地呻吟着,过了一会儿他就唉声地说着:'这一定是天惩罚我啊!因为我经常把十二两的果菜当一斤卖给顾客。这一定是天来罚我啊!'他这样大声地反复说着直到他断气。"老鼠湘说到这里,用食指朝脖子横划了一下,然后露出长舌头,同时两眼向上一翻。这事使得孩童们好久都不敢去土地庙那里玩耍,可是村里的大人都说这是土地公显灵了,于是筹资在那老土地庙斜对角建了一栋新的庙,村里的人从此都用老湖伯之死来教训孩子说:"别以为暗中做坏事没有人知道啊!迟早会像老湖伯那样遭天谴啊!"

当雄牯和老鼠湘猜疑到大猪遭偷斤减两时,恨不得立刻跑去告诉猴仔旺,然后他们就展开像少年侦探故事里的那些破案行动。雄牯和几个小堂弟围在一起讨论如何侦察，不一会儿他们的眼睛立刻转来转去，学着用斜眼向左右瞧而不转动头部。

吃过午饭后，雄牯把五只牛都赶入水塘去泡水，他和老鼠湘找个机会摆脱了几个小堂弟，去找了阿福，三个人就一路跑着去五股林庄猴仔旺的家。林家今天来了好多客人，不但院子里坐着、站着许多人，连院子外面也站了不少客人。有的忙来忙去，有的三五成群抽着烟、聊着天，一片乱哄哄，好像一大窝春天的蜜蜂。

雄牯走入晒谷场，看见猴仔旺正向着一群比他稍小的孩子们指手画脚地说着。雄牯走近之后，也不管猴仔旺说些什么，就吹了一声口哨，然后喊了一声："旺仔！"雄牯是唯一不在陌生孩童前喊他猴仔旺的，所以猴仔旺非常顺从雄牯。

猴仔旺闻声回头。"啊！雄牯！"他兴奋地叫了一声说，"我等了你一个早上！"他说到这里，突然脸上的表情变得苦涩起来，话也变得期期艾艾："我们的大猪输给火鸡公阿炎的了！"猴仔旺说到这里眼泪也涌上来了。

"我知道了！"雄牯轻声说，"旺仔！跟我来，我要告诉你一个大秘密。"雄牯说着就神秘地看了一下左右，然后朝一条通往林家屋后小丘的小路走去，猴仔旺立刻跟了上去。

那些刚才围着猴仔旺的一群小孩们，听到雄牯有大秘密要说，再加上雄牯神秘的表情，立刻尾随他们，要去听个究竟。

小路转到屋后，斜斜地穿过梅子园通往丘上，雄牯到了丘上后停下来。看见后面跟着七八个八九岁的小孩子，他略有怒意地大声说："你们小孩子都在下面等，不准上来！"

小孩子们立刻停步，可是止不住好奇，又慢慢地往上走。

雄牯正要开始讲，忽又瞥见孩子们蹑手蹑脚地慢慢靠上来，他又吼了一声："你们是跟屁虫吗？"雄牯转头对老鼠湘说："你看住左面。"又对阿福说："阿福，你警戒右面，我有重要的事跟旺仔说。"

于是阿福和老鼠湘分开来阻挡，这一来孩子们更玩兴大发，立刻分散开来，从小丘的四面越草而上，老鼠湘和阿福穷于应付。雄牯看在眼里，突然灵机一动。"阿福、老鼠湘上来！"他叫道。

两个人立刻应声跑了上去。

"我们得用摆脱家里那群跟屁虫的老办法才行了。"雄牯轻声说，"目标是那边山腰的林家祠堂。好，旺仔，你先下去！"

猴仔旺慢慢走下小丘去，嘴里还故意大声说："好！我马上回来，等着我。"

那群小孩都不知道雄牯玩的是什么把戏，因为雄牯他们三人仍在原地，所以只目注着猴仔旺离去，而没有人跟去。

五分钟后老鼠湘也下丘去了，那群小孩也还是目注着老鼠湘消失在小丘下。几分钟以后，雄牯又遭阿福下去。同时，雄牯又故意大声地说给那群小孩听，他说："阿福，快去叫旺仔回来，我等得不耐烦了。"于是阿福也离开了。

过了几分钟，雄牯突然用树枝在地上写了一些字，然后在丘上采了一片大通草叶把字盖了起来，他指着孩子们说："你们大家帮我监视这里，任何人都不准偷看。旺仔一回来，你们就教他打开来看。"雄牯说着，一脸正经地慢慢走下小丘。一转过屋侧，他突然加快脚步跑进院子，从人群中穿绕过去，进入客厅，再跑进蒸气氤氲的厨房，再由厨房后面掠入屋侧后的竹林内。他这样只是防备万一有人追踪他，他可以轻易地摆脱。

雄牯来到祠堂，其他三个同伴早已在那里守候多时。

"雄牯！"猴仔旺劈头就说，"老鼠湘告诉我，你怀疑评审偷斤减两，不过我姑丈是委员之一，这不会有问题。真正的原因是这样的……"猴仔旺说到这里立刻以神秘的眼光东张西望，看看有没有人偷听，他说："我们的邻居，就是姓范的那家，正是火鸡公阿炎的舅父，他清晨四点多就把他家的猪捆起来，放在屋外，故意让它尖声哀号，我们的大猪听到这凄惨的号声因此完全拒绝进食早餐。你知道这最后的早餐，大家都尽量让猪多吃，以增加重量，这最后一餐往往可以吃下三十多斤。你想，我们的大猪一点都不肯吃，而火鸡公阿炎的大猪却吃下三十几斤，结果我们就输了。这是我爸爸说的……"猴仔旺说到这里，脸上出现了一种委屈的表情，又说："另外，有人一早就看见王爷庙那个庙祝在刘家设坛，朝我们这边念咒。据说他是一个有法术的人，可以利用念咒来使我们家的大猪不吃东西。"

"猴仔，我看我们得想法子对付那个庙祝，你还不知道哩！"雄牯愤愤地说，"我昨天下午还跟那个庙祝干上了……"

"真的？"猴仔旺惊奇地说。

"当然是真的！不然你问老鼠湘和阿福！"雄牯说，"那庙祝的眼睛被我用沙子打中，他的蛋也被我踢了一脚，不过我也挨了不少鞭子！"雄牯把粗布内衣掀起来让猴仔旺看，老鼠湘、阿福也在一旁加以叙述。

"依我看，一切的毛病都出在那庙祝身上。"老鼠湘肯定地说。

"我们必须想个办法来对付这个老妖怪！"阿福学着大人们那种语重心长的语气说，"不然我们不知道还要吃多少亏哩！"

"对！"雄牯沉重地说，"大家一起来想个什么方法对付他。"

于是四个少年各做出一副沉思苦想的模样。

"把王爷庙烧掉，那老妖怪就完了。"老鼠湘说。

"谁敢？"雄牯瞪了老鼠湘一眼，"那是神庙！"

"把王爷庙的签筒或镇庙宝剑偷走！"猴仔旺说，"听说那把剑是我们祖先从唐山渡海来台开辟本乡时携来的。如果剑遗失，庙祝必会遭开除。"

"嘿！这是好主意！"雄牯夸奖道，"你这只猴仔不输给孙猴仔。"

"可是王爷庙里人那么多，怎么下手呢？"阿福皱着眉头问。他因为眉头皱得不紧，还用手去捏，使双层更紧一点，以表示思考之深。

于是他们又各自装出深思的表情。

"有了！"忽然雄牯兴奋地说，"用我们偷荔枝的方法。"

那是五月里荔枝快熟时，他们去下横坑大荔枝园偷荔枝。雄牯先遣老鼠湘去向看守果园的人报告说荔枝园的那一边有人偷采荔枝，那守园人即往果园的那一头追去。在那边阿福就佯装着逃开的人，往另一座山跑引开守园人，此时雄牯便趁机在果园的这一边采了一大把的荔枝走了。这方法是雄牯从那位唐山老师讲"调虎离山"的故事时学来的。

"好！就这样干！"雄牯握拳向前一挥说，"猴仔！晚上我们会去街上你们家供祀大猪的地点找你。"

"这事儿谁也不准泄密，不管事前事后。"雄牯严肃地说，"来，大家一起钩小指发誓！"

四个人慎重地把尾指勾在一起，然后他们才与猴仔旺分手回去，一路上雄牯一直在想着用什么方法来引开庙里的人，可是他始终没有想出来。

好不容易挨到黄昏，雄牲的祖父在家的大门口外摆一张八仙桌，把牲果供上。这就是一年一度中元节的拜门口，也就是祭祀路过的孤魂野魄。

上香以后，雄牲与堂弟们把一大把燃着的香，沿着门前的土路两边，每隔几步插上一对香，一直插到马路上，表示这一家在诚心诚意地邀请。那沿着土路两边燃着的线香在渐黯的黄昏里，呈现出一种神秘而又幽美的情景。

雄牲站在门口望着那两排发着微微红光的线香出神，他的思绪集中在线香上，不自觉地喃喃念着："线香燃烧时发出了高热，而燃烧又很缓慢⋯⋯"他又看见八仙桌上的火柴，忽然他跳了起来，大声说："我想到了！"

旁边几个小堂弟都被雄牲这突如其来的声音吓了一跳，以为这个平常顽皮的堂兄又要做什么恶作剧。

晚饭后，雄牲和老鼠湘穿上了短外裤，这裤子只有在上学时才准穿的。雄牲的口袋里装着偷来的几根火柴，然后又编了一串鬼故事把老爱跟着跑的小堂弟们吓退，这才与老鼠湘上路，而阿福早已在牛车路上等着了。

满月升起，照着马路上络绎不绝赶往九芎林街上看热闹的人们，有的步行，有的骑脚踏车。雄牲抵达时，九芎林街上已是一片灯火，这是九芎林一年中唯一明亮如昼的一晚。

街上每一户门廊前都陈列着由五股林庄运来的大猪，这些大猪都经过宰杀和处理，然后用设计得金碧辉煌的楼架框着，架上无数的各色灯火闪亮着。整条街上，庆赞中元的三角纸旗到处飞扬，线香处处缭绕，纸箔遍地，乡土神乐响遍各角落。雄牲好不容易找到林家陈列大猪之处，林家的猪架格外富丽堂皇，架上有一个大大的林字，下面挂着一幅奖状，写着二等赏。

雄牯一到，猴仔旺就喊住他了。

"一切都……都……准……准备……好了没？"猴仔旺因为太兴奋，说话变得有点口吃。

"嘘！小声一点！"雄牯在唇上一比，然后轻声说，"都好了，等最热闹时我们再行动。那时人多，不容易被抓到。走，我们现在去逛逛，看看各家的大猪好了！"

于是四个少年在街上的人群中穿来穿去，欣赏着各家的大猪，也评论着哪一家的猪架最美丽。当然，结果是林家的喽！

"虽然火鸡公的大猪得了第一名，可是论起猪架的壮观和美丽，就远不如我们的了。"猴仔旺因为争回一口气而高兴着，"你们看！至少我们的猪架就要高出许多，架上的灯光也比他们的多！"

"人愈来愈多了，我们到庙坪上去看看大士爷！"雄牯说，"也到庙里头看看！"

当雄牯到了庙坪上，看见青面獠牙的大士爷时，心中泛起一丝寒意。大士爷好像责怪般地怒视着他，看着大士爷，雄牯却来了灵感，他想："大士爷是一个很好的大目标！"

到了约莫晚上九点钟，九芎林街上已经被人群挤得水泄不通。雄牯看看是时候了，就吩咐阿福和老鼠湘带着一条草绳到庙后的一条小径接应。

"在你们设绊脚绳的地方插上一束香，以免绊倒我。"雄牯说，"好！你们先去！"

老鼠湘和阿福一起走了。

"猴仔！"雄牯说，"你守在门口，当我去偷时，你要注意有没有人进来，万一有人闯进来，你就大声问他：'第一名的大猪摆在街头还是街尾？'这样我就知道了！"

"好！"猴仔旺说，"庙里现在人不少，怎么下手？"

"我出去引开他们，你在这里等着！"雄牯说着就走出庙门，走到庙坪角落上矗立着的大士爷旁边。大士爷的前面正供着一篮一篮的米饭，饭上插着香和三角纸旗。雄牯拔下一根燃着的香，把四根火柴平行地绑在线香上，火柴头非常接近线香燃着的地方。他把这线香插在大士爷纸制锦袍遮住的纸靴上，然后他又走回庙里，并径直走入王爷庙正殿。这时，殿内桌子上摆满了各种祭品，旁边有不少善男信女正在聊天。

插在大士爷靴上的线香逐渐往下燃，终于燃至火柴头，四根火柴同时发火燃烧起来。火焰立刻烧着了大士爷的纸战袍和纸靴，转眼间，大士爷的下半身就被火吞了，看上去好像大士爷正从火中走出来，斗大的鬼脸在火光中显得格外狰狞。附近看热闹的游人，有的尖叫起来，有的大喊救火，整个庙坪上骚动着。不一会儿整个大士爷都被猛火所吞，火焰飞腾几丈高。

在骚乱中，王爷殿上的男女都纷纷赶到庙外去看看究竟是怎么一回事。这时雄牯闪电一般伸手把插在炉鼎内的一把古剑拔下，然后转身就逃。可是迟了，那庙祝正举脚跨过殿门满脸怒容地瞪着雄牯。

"完了！"雄牯暗叫一声，立刻回身朝通往后殿的侧廊跑去。

"小贼仔！看你往哪里跑！"庙祝咒骂着追了过去，"今晚非打死你不可！"

雄牯在廊下往内殿跑时，心里暗忖："如果跑入内殿就会被这老夭寿来个瓮中捉鳖，非得利用这昏暗的侧廊藏起来不可！"

突然雄牯瞥见廊壁有一门半开着，里面黑漆漆的，雄牯立刻闪进门里去。

庙祝追到廊下，发现失去了雄牯的踪迹，就先把廊门关上，又把木门闩上，然后放心地往内殿去找，他知道小孩子要打开木门，必会费去不少时间。

雄牯一钻进那黑暗的房里后，便用手摸索着。一会儿他摸到了一件好像挂起来的厚长大衣，于是毫不考虑地就钻进那厚衣服里。这厚衣服正好可以遮住他，他想。

他藏好以后，伸手向四周探触，发现他藏身的大衣服似乎是套在一个有脚架的圆形藤架上。可是雄牯想不出这是什么人的衣服，这么大件！他朝上摸，摸不到顶。他静静地站在里头，满头大汗。他侧耳倾听着外面的动静，但只听见自己的心扑扑地急速跳着。

庙祝在内殿找来找去也找不到雄牯，他突然看到侧廊上那个门敞开着的贮藏室，便取了一个竹制的油火把，并将它点燃，然后朝着雄牯藏身的房间走去。

"我要把你烧死，嘿嘿！"庙祝冷笑着说。

雄牯突然听见有脚步声入室，然后他看见离他头顶上很近的地方，有一道光线从一个小方洞进入。

庙祝入室后随手将门扣上，他高举着火把向室内看了一转，一个人也没有，只有靠墙站立着一排高大的鬼使，以及舞狮的狮头、各种乐器和十八般武器，此外在最里头有一座王爷的神轿。

"不要躲！"庙祝举着火把朝里走。他认定小孩一定是躲在神轿后，于是恶声地说："我来普渡你，细鬼仔！"

雄牯看着小方洞射入的光线逐渐改变方向，他知道庙祝已走入房间里头，他想："此时不走待何时？"于是向外轻轻移动，可是他的裤子不知道被什么东西钩住，所以当他移动时，罩着他的物体遂整个跟着雄牡移动。事实上那罩着雄牡的东西正是一具游行用的鬼具，当王爷出巡时，人就钻进这鬼像里，用肩顶着藤架在街上行走。所以当雄牡移动时，整个鬼像就走动起来。

这时，庙祝听到身后有异响，看见鬼像竟然自己走动起来！他吓得嘴巴张得大大的，接着就昏倒在地上，倒下的身体正好将火把压熄了。

雄牡转动几下后，才发现他手上的古剑正好卡在藤架里，并钩住他的裤子。他丢下剑钻出来，当他打开房门时，房门碰到了鬼像，鬼像朝内倒下刚好倒在庙祝前，鬼像手上举着的索魂炼正套在庙祝的脖子上。

雄牡像猫一般溜出房间又打开廊门，走出正殿。庙坪上的人们像激潮一般骚动着，无数的游客都好事地挤向庙坪，要瞧瞧火烧大士爷这件怪事。

雄牡从庙门旁一道小巷跑去，再转往庙后的小径。

满月像弥勒佛慈祥的笑脸一般，照在后街后方小丘上四个顽童的脸上。那边灯火通明的九芎林街上，人们像过江之鲫一般拼命挤向庙坪，大士爷早已消失在高扬的烟灰中，只留下一股炙人的热气。

万善堂之夜

雄牯、老鼠湘、阿福、猴仔旺在中元夜烧了大士爷之后，逃到临九芎林的小丘上，各自吹牛地述说各人勇敢的经过。突然，九芎林街上传来一片混乱的爆竹声。

"中元普渡结束了，"雄牯听着爆竹声说，然后他又看着依然偏东的满月说，"今晚比往年都要早结束！"

"还不是因为大士爷被我们烧了！"猴仔旺得意地说，"没有鬼可以渡了！"

"又得回家了！"老鼠湘惋惜地说，"恨不得多玩些时候，开学的日子马上就到了。"

"普渡结束了，不回去还干吗？"阿福似问非问、无可奈何地说，"难道还跟着乞丐去万善堂分饭不成！"

四个孩子顿时陷入沉默中。四周幽幽的虫鸣如微风一般拂来，仿佛是一首一再重复的寂寞童歌。

"嘿！阿福！你刚才说跟乞丐去万善堂，倒是好主意！"雄牯突然用愉快的语调打破沉默说，"老鼠湘！记得住在崁下的那个养鸭阿郎吗？"

"是不是我们上次在头前溪放牛遇雨，跑到鸭仔寮躲雨时遇见的那个很会说故事的中年人?"老鼠湘说。

"正是他!"雄牯兴致勃勃地说,"那时,他不是说了很多奇怪的故事给我们听吗?例如赌仔三怎样跳水自杀,杀猪刘的墓怎样被野狗挖开来。最后他又说,每年中元夜普渡结束后,万善堂的乞丐们,因为分祭品而大打出手这件事,可称得上九芎林全年中最精彩的一幕好戏!"

"是!是!"老鼠湘说,"他还说上次五座屋庄土地公庙丢了神碑这件事,谁干的他都知道!"

"雄牯!你已经告诉过我好几次了!"阿福也愉快地表示他也知道这件事。

"既然万善堂今夜有好戏,我们何不去看热闹?"雄牯说,"反正还早!"

"好啊!"猴仔旺意兴昂扬地说,"还有什么比看打架更有趣的事呢?更何况是乞丐!"

四个顽童下了小丘,沿着九芎林的后街往街尾走去。前街的锣与人声闹成一片喧嚣,后街却行人稀少。他们经过停满脚踏车的街尾,到了通往新埔和新竹城的岔路口。过了岔路口,那大马路即开始下坡,在坡右边约七八十米处就是孤零零的万善堂。破旧的屋宇在月色下显得很凄凉,再加上大马路右边几百米外的第三公墓无数的石墓碑隐约可见,在这中元祭鬼魂的晚上,格外有一股恐怖慑人的气息。

四个顽童站在马路左面的坡上,朝着不远处的万善堂静静地观测着。

"你们看见万善堂旁边那棵树吗?我记得是龙眼树!"雄牯指着万善堂那边说,"那棵树正好在院子旁,如果我们爬上去,就可以看清院子里的一切了。"

"那树好爬吗？"老鼠湘有点胆怯地问。

"龙眼树不会太难爬！"雄牯轻声说，"等会儿我爬上树后，猴仔，你再跑过去。然后是老鼠湘。阿福，你最后。"

突然马路上传来有人说话的声音，四个顽童立刻蹲伏于草丛中。马路上的人边说着话边走上万善堂的小路。一共是三个人，一个是瞎子，由一个小孩牵着他的拐杖走，另一个是跛子，走路一拐一拐的。三个人背上都用布袋背着不少东西，使得他们的身形看起来奇形怪状。他们走在那不常有人走的小路上，的确叫人见了发毛。

当这三个人快走进万善堂时，马路上又有一个背上背着布袋的人转进小路来。

"乞丐开始来万善堂了！"雄牯小声说，"我先过去了，待会儿你们看清路上没人再过去。到了树下不要急着爬上去，反正在树荫下别人看不见，看好树枝分布的情形再慢慢爬上来。千万不要摇动了树枝，免得被乞丐们发现。到时被他们抓去，就要变成他们引路的小乞丐了。"雄牯吓人地说。

当那单独的乞丐进入万善堂时，雄牯很快地由坡上滑到小路，再沿着小路向万善堂跑去。在接近万善堂时，他右折离开小路，越过一小片野草，到了龙眼树下。他仔细地打量树枝后，发现非常容易爬，他就轻手轻脚地爬上树去，在一个高枝的开叉处坐了下来。这儿正好可以看清整个万善堂的内院，这时院子里约莫有十来个乞丐。有的两三个、有的单独地各据一处或一角，中间有两堆乞丐围在一起，正中央点着豆般的煤油灯。借着煤油灯和月光，那些人正忙着清点他们今天乞来的物品，这时又有两个乞丐结伴进入万善堂。

一会儿雄牯看见猴仔旺溜过来,他朝树上看了几眼很快就爬上来,像猕猴般轻灵。

猴仔旺上来后不久,老鼠湘也到了树下,他花费不少时间才爬上树。这时又有三三两两的乞丐沿着小路走来,阿福等了不少时候才找到空隙跑过去。

这时大马路上的行人越来越多,都是看完热闹回家的游人,吵吵闹闹的,脚踏车的铃声响来应去,而万善堂这边的乞丐人数仍在增加着。

大马路渐趋平静,行人渐少,满月向正中移近。万善堂的乞丐差不多到了三十多人。有的在打盹,有的在清点东西,院子里显得颇安静。这时马路那边突然传来男人低洪的声音:"兄弟是你们在九芎林、象棋林、鸡油林区的总头仔。请你们中间手脚比较好的人,出来帮忙把供饭、供米抬进万善堂院子里。"

"乞丐头子来了!"雄牯在高枝上细声说,"热闹的戏快开始了。"

这时万善堂里走出一大群褴褛的乞丐,他们走到马路上,那里有三个人用两辆手拉车拉了许多用竹篮子盛着的供饭和供米,也有几盆包子之类的食品。

"把这些东西搬进去,放在院子中央,不准任何人私藏,不然……"那头仔沉声说,"我会把他赶出去!"

那群乞丐费了一番工夫,把所有的东西搬进了万善堂,放在院子的中央。这时,那头仔点了一盏大油灯放在靠近供品的地方,在月光与灯光下可以稍微看清头仔的面貌。他矮壮、独眼、乱发,着一件破短上衣和一条草绿色破军裤。

"兄弟是本万善堂的负责人,欢迎四方朋友来到九芎林共庆中元。"头仔洪声说到这里,顿了一下说,"今年的供饭不如往年多，各位都看到了……"

他说到这里，群丐议论纷起使他说不下去，他看了周遭几眼后猛然喝了一声："你们别怀疑我侵吞了一部分，刚才各位都看到了另外同来的两人，那两人正是中元普渡委员会派来送东西的人。今年轮值五股林庄，因为五股林是山区，又是小庄，所以供品要比往年少得多。"

头仔说到这里静下来看看群丐，又继续说："我希望去年的事不要再发生……"

这时群丐里有几个人哼了一声，但那头仔佯装没听见。

雄牯听那头仔滔滔不绝地讲着，突然想起了一件事。他小声地说："老鼠湘！这个头仔一定是养鸭阿郎说的那个黑心独眼蛇，阿郎说这个头仔在去年中元节害死了一个乞丐！"

"对！"老鼠湘细声地应着，"准是他！"

"你们都坐下！"头仔以威严的声音说，"我要计算人数了。"

群丐就地坐下，头仔开始点着人数，一共三十一个，其中有九个是小孩子。

"大人算一口，小孩算半口！"头仔又大声宣布说。

"这岂有此理！"一个愤怒的女人声音从丐群中传来，"小孩子比大人更需要吃，为什么只算半口？我有两个孩子，就吃亏一份了！"

"你错了！"头仔冷然地说，"吃亏的是没有孩子的人，你有两个孩子，你比别人多了一份。"

那妇人一时哑口，不知要用什么话来回答，虽然她认为头仔的话是狡辩，可是她不知如何来反驳。

头仔看看没有人再说话，就先把饭和包子平均分配，然后又开始分米。

"头仔!"一个坐在地上、双腿残疾的老人开口说,"我们这些残缺比较厉害的是否可以多分一点米?"

"不行!"头仔坚定又带一点怒气地说。

"可是以前那个头仔都是这样做的。"那人也不服气地说。

"那你去找以前的头仔分好了,说不定他的鬼魂今晚也来享受中元大餐。"头仔毫不客气地讽刺说。

"他们手脚比较健全的人可以走远一点的地方,也可以多走几个庄头,往往乞得比我们更多的食物,所以分供米时应该让一点给残缺比较厉害的人。"角落传来另一个苍老的声音。

"什么话!"另一边飘来女人的声音,"我们固然可以多走几庄,但因为我们手脚比较健全,往往每一家只能乞得一点点的东西。而你们残缺的人随便在街上一坐也能博得同情,反而能乞得更多东西。"那女人冷笑着说,"所以最后我们分到的东西应该一样多!"

"可是你们健全的人往往伪装成各种残缺,又编了一大套可怜的身世去博人同情。但是,你们经常东西到手后就得意忘形露出马脚,因此连累到我们这些真正残缺的人,所以现在你们补偿一点给我们是应该的!"一个靠墙而坐的男瘸子理直气壮地说。

"谁也不亏欠谁!"头仔沉声说,"乞丐这一行也是三百六十行职业中的一行,没有人规定怎么样的人才是真正的乞丐,又哪一种是假乞丐。反正我们是属于靠各种方法来博得人们施舍的一行,我们之间一切是平等的。你们现在分到的尽管拿去,别在这里教我要怎样分!如果有不满意的人就站出来明讲,或者闭上他妈的伯劳嘴!"他说完,独目暴射怒气,朝四周扫来扫去,没有一个人敢再开口讲话。

头仔径自用米筒量米,乞丐立刻排成一队按顺序用布袋去接下米,等全部乞丐轮完一次后,米还剩下约有十筒左右。

"好啦!都分到了,满意了吧!"头仔大声地说。

"剩下的米该归我这做头的人了!"头仔自言自语般说着,"不然我头仔不是白干了吗?"

"你一个人要独占这么多米?"一个丐婆大声地说,故意要引起大家的注意与不满。

所有的乞丐都把目光投向头仔,大家眼中都流露着不满。

"头仔!你应该跟我们分得一样少!"那丐婆又说,"然后把剩下的分给身体残缺比较厉害的,而且谁知道你头仔是否已经揩了油?"丐婆用讽刺的语气说。

"给我闭上你的大嘴巴!"头仔怒不可遏地说,"要不是看你是妇人家,我早就打断你的长舌头,就像去年打那多嘴的歪头李一样。"

那丐婆突然欺前一步,不甘示弱地指着头仔说:"就是你害死歪头李的,要不是你揍他,他绝对不会去上吊。"

那头仔突然闪电一般,一个重重的巴掌打在丐婆的左脸上,丐婆惨号一声向右斜扑在地上,头发散了开来,看来煞是可怕。

丐婆一面哭骂着,一面慢慢爬了起来,然后忽然双手前举像鹰般扑向头仔。但头仔奇快地又一巴掌打在丐婆的右脸上,丐婆向左趴倒在地。这次丐婆没有爬起来,她趴在地上哭叫着,突然在地上转了方向,对着雄牯他们藏身的这棵树跪着。这棵树是去年歪头李上吊的地方,她哭叫着说:"歪头李啊!如果你的魂魄今晚也来到九芎林,你就显显灵吧!这贼人害死你又要来害我了啊……"她不断地把头磕到地上,不断地哭叫着。

龙眼树上的四个顽童突然发现所有的乞丐都朝他们看过来,

以为群丐发现了他们。在最低枝上的阿福最先行动,他慌忙地爬下树,猴仔、老鼠湘更挤成一团,整棵树顿时摇动起来。

那边群丐一看龙眼树忽然在丐婆呼求之后无风而摇动起来,都以为真的是歪头李显灵了,通通跪了下来猛朝龙眼树这边磕头,有的还喃喃念着:"南无大慈大悲阿弥陀佛……"

在最高枝上的雄牯于慌乱中踩到枯枝,枝条猝然断落,雄牯的身子瞬间往下坠,幸好他双手即时抓住一根树枝。于是他脚下悬空地吊在空中,枝条的弹性使雄牯一升一降地在空中起落着。

群丐看见龙眼树在一阵剧烈震动之后,突然树枝间出现了一个灰白色身影,在月光下与树影间晃动着,像煞歪头李去年中元深夜在那棵树上吊自杀的情景。有的乞丐吓得直抖索,那些猛念阿弥陀佛的,也吓得只"佛……佛……"地念着。

那头仔这时也吓得双脚一软跪在草地上,全身直发着抖,上下牙齿嗒嗒地打着。

雄牯吊在半空中不敢放手往下跳,因为不知地面有多高,地上有什么东西。正在进退两难之际,突然树下传来很轻的声音说:"雄牯!我是养鸭阿郎,不要怕,你抓好,待会儿我会来接你下来!"

雄牯朝下一看,果然看见一个淡淡的影子,正是养鸭阿郎。雄牯大为放心。

当群丐正朝着雄牯大拜特拜之际,龙眼树这边突然传来一股阴森森的声音:"独眼蛇!你好狠心啊!去年你侵吞供品被我发现,竟然在深夜里把我吊死,佯装成是我上吊自杀,你又装鬼强暴斜眼三的女儿,害得她坠崖而死,你好狠心啊!"

那声音越来越凄厉,到后来变成阴森而低沉的恐怖声:"你……恶……贯……满……盈……今夜……特来……取你……

性命……"

那头仔这时突觉眼前一黑,他倒在地上,双手紧按胸部,身体在地上抽搐着、扭动着,一会儿就死了。

吊在龙眼树上的雄牯听见养鸭阿郎装鬼吓人,差一点笑出声来。

"雄牯!放手,我会接住你!"养鸭阿郎在雄牯的脚下非常轻声地说。

雄牯一放手就落在养鸭阿郎的手里……

"快回去吧!"走在小路上时养鸭阿郎说:"告诉你几位同伴,别把今夜的事告诉任何人,不然我再也不讲故事给你们听了!"

"好!"雄牯应道,"谢谢你!阿郎!"

雄牯跑上大马路,觉得好凉快,这时他才发觉他的衣服已经被汗湿透了。

月正当中,水银般的月光照着归路上四个急奔而去的顽童,前面上山庄的村狗遥遥地吠着,其间,还可以听到路边相思树上和大叶桉树上猫头鹰低沉的鸣声。

万善堂之夜 /45

相思树

福佬人来镇的时候

　　雄牯的父亲因事进城去了，整个下午雄牯就在牛车路上练习骑脚踏车。自从他知道阿福也会以穿脚式骑脚踏车以后，雄牯就不忘要学着像大人一样高坐在椅座上骑。虽然雄牯穿脚的技术要比阿福强，他可以载人，但他知道要不了多久阿福也会，所以无论如何雄牯必须抢先一步，不然下次在庄里大伙面前，阿福就会跟他一样神气了。

　　练习了一个下午，雄牯已经敢在下坡时跨到座位上坐下来顺着坡路滑下去，但每当他出力踩踏板时，他就会失去平衡倒了下来。他骑累了就把车子借给老鼠湘学穿脚骑。

　　当雄牯正坐下来休息时，忽然看见牛车路前面的转弯处出现了一群奔跑的小孩子。雄牯定睛看去，发现都是他的堂弟、堂妹，他们后面跟着一个与雄牯差不多大的男童，雄牯一时认不出那人是谁。

　　"雄牯！雄牯！"那男童老远就喊着。

　　"原来是住在上山庄的吉仔！"雄牯心里想，"太阳都快下山了，不知道找我干吗？"

　　"雄牯啊，我找你许久了！"吉仔喘着气说，"这些小孩有

福佬人来镇的时候 /47

牛车路

的说你骑车去五座屋庄，有的说你上街，有的说你去钓鱼，最后你大伯父告诉我，你一定在这边的牛车路上学脚踏车，他说他在田里灌水时听见你摔倒大叫的声音。"

雄牯的脸红了起来，他立刻说："我已经会上去坐着骑了！"雄牯吹牛地说。

"别吹了！"吉仔撇着嘴说，"骑给我看！"

"简单！"雄牯装着信心十足的声音说，心里却是七上八下的，他大声地叫老鼠湘把车子推过来。

雄牯把脚踏车以穿脚式骑到牛车路上坡的最高处，然后掉过车头，用左脚踩在脚踏板与车架相连的凸处，右脚在地上一点，脚踏车就朝下坡路滑下去，他很快地顺势将右脚由后面高跨而过，整个人就跨坐在车座上，脚踏车载着雄牯轻快地滑跑着。

"雄牯！踩呀！"当脚踏车滑过群童时，吉仔大声叫着说。

雄牯不得已，犹豫了一下，就用右脚一踩，脚踏车立刻往右一转撞在路边高起的土堆上，雄牯就像青蛙跳水般地惨叫一声，栽入牛车路边下的稻田里，车子则倒在土堆上。

在雄牯栽下去的一刹那，他想通了一件事，为什么每次他用力踩，车子就会随着倒向踩的一边。"如果速度快一点，踩的时候轻一点，同时把车身向另一边作一点点的倾斜，不就不会倒了吗？"他想。

雄牯爬上路也不管衣服沾满泥巴，拉起车子又继续朝下坡路推跑着。他跨了上去。起先他轻踩着，脚踏车只是轻轻摆动着，一段路后，雄牯可以用身体去稳定车子的平衡了，于是他加了点力去踩。就这样，雄牯坐在脚踏车上轻快地前进。

群童安静地目注着雄牯往前骑去，直到牛车路的转弯处，他的身影被路边的防风竹遮去后，群童才追着过去。

"太好了！太妙了！"雄牯的心狂跳着，"我终于会像大人一样地骑脚踏车了啊！老天！"他踩着踏板前进，风飕飕地由耳边吹过，"啊！好像飞一样！"

雄牯骑到小石桥头停了下来，一会儿孩子们就追了上来。

"怎么样？吉仔！"雄牯得意地问。

"不错！"吉仔点着头说。

"吉仔！你这么晚找我干吗？"雄牯这时才想起吉仔来找他这件事。

"哎呀！我差点忘了。"吉仔叫了起来，脸上有点激动地说，"今天晚上有跑江湖的福佬人在高枧头庄的文昌庙前卖药耍把戏！"

"福佬人！福佬人！"雄牯惊奇地叫了起来，"是不是那个收破烂的瘤仔伯说的那种，讲话第一句都要加一个干字的？"

"很可能是！"吉仔说。

"你看见福佬人长什么样子吗？"老鼠湘好奇地问。

"我也没有看见，这消息是下午我遇见去卖菜回来的阿凤告诉我的！"吉仔说。

"阿凤？我们班上那个阿凤？"雄牯啐然说，"你跟女生说话？"雄牯带着醋意说。

"嘿！男生爱女生，羞羞！"老鼠湘说。

吉仔红着脸说："是阿凤要我转告雄牯的。"

"哼！"雄牯装模作样地哼了一声，其实他心里觉得甜甜的。

"阿凤怎么说？"雄牯装着冷冷的说。

吉仔说："阿凤先告诉我，我们那个最爱打学生的唐山老师调走了。阿凤说：'雄牯知道该最乐了，他每天都挨那老师打，真可怜！'然后她又说，她看到三轮广告车在九芎林街上驶来驶去地预告晚上福佬人要在文昌庙前耍把戏。"

"那就赶快去通知庄里的大伙吧！"雄牯心里快乐地说，"我不再担心暑假作业了。"

"我在马路上遇见流氓俊和母猫章时已经通知了，"吉仔说，"他们都要去看把戏。"

"赶快回家吧，老鼠湘！"雄牯说，"我们还得把浸水的牛牵回家，把鸭和鹅赶回去哩！"

"好，我也要回去了。"吉仔说，"晚上我在庄头的路口等你们。"

在红红的夕照下，雄牯兴奋地骑着脚踏车，后面跟着一大群大大小小的孩童，朝着田野中扬着两道炊烟的村屋归去。

下弦月还没升起，雄牯与一群五座屋庄来的村童结伴往高枧头去，到了上山庄，又有四个村童加入了行列。他们一路上连奔带跳地赶着路，一边猜测着福佬人长什么样子。

"大概跟生番一样，是刺脸的！"栋仔说，"只是福佬人刺的颜色不同。"

"也许他们有尾巴！"流氓俊笑嘻嘻地说。

"我想福佬人的头发或者皮肤的颜色跟我们不同，就像那个最近来九芎林传什么耶稣教的红毛人一样。"雄牯说。

"说不定福佬人的皮肤有斑纹，就像花狗一样哩！嘻！"老鼠湘说。

"我想福佬人的脸上有某部分跟我们不一样,譬如鼻子像猪,耳朵像狗,或者头上长角。"吉仔说。

"胡说!世界上哪有这种人!"母猫章驳斥着说。

"喂!你有没有看过《西游记》?你看猪八戒、牛魔王不就是这样?"吉仔理直气壮地说。

在一路猜测下他们抵达了高枧头庄。文昌庙前围着好多人,观众沿着铺在地上的布围成马蹄形,在观众的前面有两个中年男人、一个中年妇人,地上摆了四盏白亮的瓦斯灯,照得文昌庙前一片明亮。

这群村童由侧角挤了进去,他们立刻望着前面的三个人,然后又东张西望了一会,竟没发现与他们长得不同的人。这时雄牯正好看见住在街上的同学大胖子不倒翁——张福运蹲在右前方。

"嗨!张福运!"雄牯叫了一声。

那胖孩子回过头看了一下,看见了雄牯。"嗨!雄牯!你来了。"不倒翁高兴地说。雄牯是唯一不在这么多人前喊他不倒翁的,所以他很喜欢跟雄牯在一起,口袋里如果有糖果,他是心甘情愿地送一半糖果给雄牯的。

"哪一个是福佬人呀?"雄牯迫不及待地问。

这时与雄牯一起来的同伴都一起注视着胖子不倒翁,要听他的回答。

不倒翁朝前一指说:"就是他们三个人啊!"

"跟我们长得一模一样嘛!"十几个孩子几乎一致失望地说。他们跑了五六公里路,就是为了一开眼界看看福佬人。

许多观众都朝这群孩子看过来。

就在这时，场子里传来"锵"的一声，那中年人提着锣走到场子中间说："各位父老兄弟姊妹！""锵！"他又敲了一下，那人的客家话说得非常奇怪，有些地方雄牯听不太懂。

"兄弟今夜来贵庄卖药耍把戏！""锵！"他每说一句话就敲一下锣。

"卖的是蛔虫药和蛇药！""锵！"

"兄弟今天一整日在贵庄走动，""锵！"

"看见贵庄小孩子，十个中有九个半，肚子里有蛔虫。""锵！"

"如果现在驱虫不及时，""锵！"

"有的病，有的死，""锵！"

"现在看看地上大照片，""锵！"

"这一张瘦小孩，""锵！"

"吃了兄弟蛔虫药，""锵！"

"拉出半斤大蛔虫。""锵！"

所有观众都把目光投在那照片上，那照片煞是可怕：一个瘦瘦的、肚子大大的裸体小孩，屁股下的地面有一堆大蛔虫，教人看了屁股发痒。

"再看这一张，""锵！"

"不服兄弟蛔虫药，""锵！"

"日久蛔虫穿鼻出！""锵！"那人指另一张照片说。

那是一张小孩的脸部特写，一条大蛔虫从小孩的鼻孔穿出来，半尺多长，挂在鼻孔下，看了令人作呕。

"再不服蛔虫药！""锵！锵锵！"

"一命呜呼——见阎王，——神仙难救——小命亡——"最后两句话，那人用一种很悲惨的调子，以沙哑、近乎哭泣的声音唱出，令人听了心中发毛。

"家有瘦黄挺肚孩，快将此药买。悬壶济世，兄弟难得几回来——"那人熟练地说着，不再配以锣声，"每包两粒售两块，清晨饭前肚里摆。但闻肚里叽咕响，大虫小虫落下来。"

"锵锵锵……"

于是有几个人买去了几包。

"干！省钱有数！生命要顾！"那人看看只卖了几包，心中不快地说，"再把这二十包买下，让兄弟耍一套魔术给各位欣赏欣赏！"

于是又有六个人买走十包，再经那中年人的催促，又卖了七包。

"来！最后三包，这位阿伯买下吧！看你好面相，必是子孙满堂。买下这三包，兄弟为你耍一套魔术！"那人对着人群中一位老人家说。

那老人吃中年人一说，不知怎么办，一副犹豫的表情。这时所有的观众都投以期望他买下的眼光，终于在众人眼光的催促下，老人接下三包药。所有的观众都舒了一口气，并投给老人赞赏的眼光。

那中年人开始变了几套魔术，像空袋子里变出饼干，空帽子里变出许多糖果，等等。"如果我也会几套魔术，那多棒啊！"老鼠湘轻声地吞着口水说，"我要变一堆冰棒出来！"

"我看这些魔术一定是骗人的！"雄牯带着精明的眼神说，"不然那人需要什么就变什么出来，又何必这样跑江湖呢！"

这时中年人搬出一本书,一个内盛沙的大碗,和一个大木笼子,他说:"各位!再买我二十包,我就为各位表演种瓜结果的大本领!"

　　此话一出,观众议论纷纷。因为这套本领只听过老一辈的人讲,没有几个人见过,听说只有唐山来的魔术家才办得到。每个人都流露出迫切而好奇的表情,尤其是雄牯,真恨不得有钱一口气把所有的药买下来,好让那中年人立刻表演。

　　终于在中年人三催四诱的情形下,二十包都售完了。

　　"各位看!这是一粒西瓜种子,我要把它种在大碗的沙里!"他说着,就把种子种进去,然后他举起木笼子让观众看木笼子里是空空的,接着他就用木笼子把碗罩起来。

　　"我要洒一种水,使种子发芽了!"那人拿了一杯水,伸手进入木笼子里去,仔细地浇完水后他对着木笼子比划着,口中念念有词,最后大叫一声:"发芽!"

　　中年人慢慢移开木笼子,每个观众的脸上都出现惊奇的表情,因为碗里的西瓜种子已经长出两个小叶片了。

　　接着他又把木笼子罩回去,再洒了些水,又用手比划一番,口中念念着,大叫一声:"长大!"

　　当中年人将木笼子移开时,观众都叫了起来,因为那棵西瓜苗新长的藤蔓竟然已经爬出碗外。

　　中年人又用同样的手法,让那西瓜居然开出了黄色的小花,再一次洒水后,那棵西瓜苗竟结了一个西瓜出来。

　　在所有吃惊的观众注目下,魔术节目结束了,那中年人得意地笑着,退到另外两个人那边休息去了。

　　忽然雄牯发现那三个跑江湖的人,每个人嘴巴都不停地咬嚼着,其中一个突然朝旁张口一吐,吐了一嘴赤红色的口水。

"那人吐血了！"雄牸惊讶地指着那人说。这时一伙孩子也都注意到了，另外一个中年人也吐了赤红的液体，接着那个中年女人也朝地上吐，众村童都看呆了。

那三个人一面咬嚼着，一面说着话。他们正在嚼槟榔。

"他们的牙齿都是黑色的！"雄牸激动地说，他终于发现福佬人与客家人不同的地方。

"他们的嘴唇是红的！"吉仔也发现了另一个不同点。

过了一会儿，刚才没上场的中年人和妇人，提了几个袋子摆在观众前面不远的地上。那中年人打开其中的一个袋子，用手抓出一条草黄色、杯口一般粗的蛇来。那人用左手握着蛇颈，长长的蛇身卷在手臂上，他走到场子中间。

"各位先生，兄弟这条蛇，是新高山（玉山）大森林里产的一种毒蛇，其毒比百步蛇更毒，所以山地人、爬山的人最怕的就是这种蛇。被这种蛇咬了一口，不出一小时，就十八两翘翘！"那人把右手腕伸到蛇头前引那蛇来咬，可是那蛇却不理不睬，那人就把蛇嘴拨开，让蛇含着他的手腕。

"但你只要服下兄弟这祖传秘方，你就捡回一命了。"那人以一种严肃的口吻说，"常上山、下田或外出的朋友，准备了兄弟这祖传秘方，从此就不必再担心毒蛇了。来！优待先买的先生，头三帖每帖只售十元，过了三帖每帖就要十五元了……"

那人左手提着蛇，右手拿着三帖药，在场子里沿着观众前走动着。

"老鼠湘！你看这条蛇像不像上次我们在屋后小溪边遇见的过山刀蛇？"雄牸注视着说，"你看那蛇的背脊有点隆起。"

"是一模一样！"老鼠湘回答说，"祖父说这种蛇没有毒，喜欢吃老鼠。"

"谁知道有没有毒！"雄牿耸耸肩说，"反正不要让任何蛇咬到总是对的！"

那中年人提着蛇绕了半圈，到了雄牿他们这边时说："干！你们是要钱不要命了！"那人有点生气地说。

"好！再优待，头三包每包只收成本费八元。卖完这三包，我们来看第二个袋子里的毒蛇。"那人说着，又回头绕着场子走。

两个年轻人各买下一包，那人连声道谢。

最后一包由一位中年农人买下。

"好，现在我们来看这条毒蛇！"那人从第二个袋子里抓出一条碧青色的蛇来。

"青竹丝！"好多人这样叫了起来。

"你们认得这种竹林内最凶恶的毒蛇，不错！不错！"那人说，"这种蛇儿攀在枝上如青藤，任何人畜靠近，它就张嘴咬一口，不死也残废！"

"这种青竹丝没有毒！"突然，那个住在飞凤山山下的土狗仔阿广大声说，"有毒的青竹丝头很大，三角形，尾巴赤红色！"

"干！小鬼！祖父刮了胡子，你把他当外人！"那人提着蛇朝土狗仔走去，"没有毒，干！你敢不敢让它咬一口！"那人已经走到土狗仔的面前。

土狗仔站了起来，每个人都认为土狗仔非逃不可了，可是却出乎大家意料之外，土狗仔非但不跑，还伸出一只手来迎接蛇。

那人提着蛇朝土狗仔的手上装势咬去，土狗仔毫无惧状，那人就用手指扳开蛇嘴朝土狗仔的手指咬去，土狗仔也不怕，还望着雄牿咧嘴笑着说："这种蛇跟你上次捉去学校吓人的草花蛇一样，是不会咬人的，即使咬人也不疼。"

"干！你不怕死，老子可不愿意变成杀人凶手被警察抓去枪毙！干！"那人突然回头走到场子中央，从另一个袋子里抓出一条蛇，然后又回头朝土狗仔走去！"干！你勇敢！来让这种蛇咬一口看！干！"

土狗仔突然连退几步，他叫着说："龟壳花！龟壳花！"

"干！你怕啦！"那人得意地笑着说。

"来！各位先生，再买我三包，请各位看一下一种凶猛的毒蛇！"那人高声说。

就在这样三包三包的兜售下，那人把七个袋子中的六个都展示过了。

"这最后一袋，是一种世界上最奇怪，也是世界上最毒的蛇！"那人提着最后一袋说，"这是出产在唐山的一种有角的毒蛇。"

所有的观众都睁大了眼睛，好奇地注视着。

那人左手提着一个比其他袋子都大的袋子，右手轻轻朝袋子碰一碰，袋内立刻明显地蠕动着，并且发出嘶嘶的声响，甚是吓人。

"听它的声音，你就知道它有多凶，有多毒！"那人以神秘又带一点吓人的声音说，"不只是它样子可怕，它还能吐毒液把人毒昏，再用尾巴刺人的鼻孔，使人流鼻血，然后吸人的鼻血，直到那人血流光死翘翘为止。"

"雄牯，你听！"添丁得意地说，"上次我告诉你，有一种有冠的蛇叫鹅公距蛇，会吐毒液，会吸人的鼻血，你还说那是胡说八道，你现在可是亲耳听见了！"

"……"雄牯无言以对，但还是不服气地说，"在还没有亲眼看见以前，我还是不信。"

"好！等着瞧吧！"添丁以一副胜利者的姿态说。

"各位先生，"那耍蛇人大声说，"在看这种蛇以前，兄弟先介绍一种以毒蛇蛇胆加名贵中药制成的灵丹。这种药不但能治百病，诸如肾亏、虚火、头昏、目眩、耳鸣、尿浊、尿后颤抖、妇人月事不顺，一切的疑病怪症……"

"有病治病，无病补身！"那人以坚决的口气强调着说，"每包二十元，初到贵地以十元优待。卖完二十包，我们来看看这条世界上最毒的蛇！"那人又碰碰袋子，袋子内立刻发出嘶嘶的声音，观众中只有四个人买。那人又说了一大套，但始终就没有人再买。这时有的观众失望地转身要离去，那耍蛇人又提起袋子假装着要解开，于是观众又止步回身观看。但那人虽解开了袋口的绳子，却没有真正将袋口打开来。然后他又讲起他的药来："只要再买十包，十包！我们就来看这唐山来的有角毒蛇！"

于是又有两个人买。

在那人逐步的引诱下，一共又卖出五包。时间越拖越晚，一直到最后那人依然不曾把蛇抓出来亮相。失望的观众开始离去了，那人也不再说话，径自退到后面与两个同伴说话。

观众纷纷离去，只剩几十个孩童仍围在那里，希望能瞧瞧这世界上最毒的、有角的怪蛇。

"气死人，几次要打开了又停下来。"雄牯不满又失望地说，"我看他一定是骗我们，不然为什么不打开来看看！"

"雄牯！想办法把袋子打开来看看！"母猫章说。

"谁敢啊？如果是真的会喷毒液怎么办？"雄牯面有难色地说。

这时流氓俊突然从庙旁制香人用来晒香的架上，取了两根细长的竹竿走过来。

"雄牯！"流氓俊以挑战的姿态说，"我们一人一根，把那袋口撑开，敢不敢？"

雄牯畏缩着，但一看到那么多的同伴注视着他，勇气突生。"好！"雄牯应声道。

于是两根竹竿伸进了袋口，各往两边出力，袋口渐渐地松开。

那边三个跑江湖的人，一面嚼槟榔一面用福佬话交谈着，不时哈哈地笑着，并没有注意到场子这边的孩子们。想必这种孩子不愿离去的情形时常发生。

袋口开了，竹竿也抽回来了，众孩童屏息注目，既紧张又好奇地等待着。突然那袋子蠕动着，蠕动着，一个吐信的蛇头伸了出来，那蛇慢慢地探出了身子……

"好像是那种无毒的山龟壳（锦蛇）嘛！"雄牯自言自语地说。

这时候所有的孩童都看呆了，直到那蛇完全离袋，并迅速朝着场侧那边较暗、人较少的地方爬去时，孩童们才惊叫起来。

那三个跑江湖的人只朝孩童们望了一望，显然还不知道发生什么事。

雄牯看见蛇爬去的前方，有一个小女孩站在那里，吓得直惊叫着，却不知跑开。

"那是阿凤！"雄牯叫了一声，不顾一切地一个箭步跳过去，一伸手抓起那蛇的尾巴，并将蛇身提在头上猛调转甩着，然后重重地往地上一摔，并同时以脚踩住蛇颈。这蛇昏死过去变得软绵绵的，只有尾巴不住地甩动着。这时那三个福佬人走了过来。

雄牯提起死蛇朝那耍蛇人说:"这就是你那有角的、世界上最毒的蛇!"

那耍蛇人看清一切之后,勃然大怒:"干!打死你这客家仔鬼!"他追了过来。

雄牯看那人突然凶恶地朝他追来,不待思考地,就把手上的死蛇朝那人甩掷过去,回头就跑。

那蛇尸横飞过去,正好缠在那耍蛇人的脖子上。那人惊慌地、奋力地扯着死蛇,好一会儿才扯下来,孩童们已像麻雀一般逃开了。

"福佬人真是怪啊!"在归途上雄牯对着伙伴们说,"牙齿是黑的,嘴唇是红的,吐的口水是赤的,说话时,喜欢加一个干字。"

于是在那往后的几天里,村童们说话时也喜欢学福佬人在话里夹一个干字,直到有一天雄牯警告说:"讲话不能再加干字了,不然我看迟早会跟福佬人一样——红唇黑齿赤口水。你们看!这两天我讲多了几个干字,嘴巴已经变红了。"雄牯指着他那正发炎的嘴角说。

决斗头前溪

暑假只剩最后十来天了，几乎每天午饭以后，五座屋庄一带的村童都要偷偷结伴去头前溪的旧渡船潭游泳。

去游泳这件事可要有很大的勇气，因为难得有一家的父母尤其是老祖母会准许小孩子去游水，何况是在鬼门关大开的七月里。一旦被父母知晓去游过水（邻居或别的孩子告状），那非挨一顿严厉的责打不可。所以只要大人问起，孩子们无不极力否认游泳这回事。然而大人们却有一套检验法——他们用指甲在孩子背上一划，如果是游过水的，指甲刮过的皮肤立呈白色，这种试验法屡试不爽。

因此好多村童即使随着同伴一起去了河边也不敢下水，只好在溪边堆堆沙，用石片打打水漂。一直到有一天雄牯试出了一种可以瞒过父母检验的方法——在每次泳毕等皮肤干燥后，孩子们彼此用指甲把背划成白色，再玩各种游戏，像角力、捉鬼、抢阵地等，务必玩得浑身大汗，如此家长再也查验不出，从此村童也就放心地游水了。

这天，雄牯与八个伴儿去溪里游泳。正当他们玩得兴高采烈时，忽然水里的鱼纷纷浮了起来，有的打着圈子，有的游到岸

戏水的村童

边，有的白肚朝上，随波逐流。

"上游有人毒鱼！"雄牯看了一下说，"大家抓鱼吧！"

于是村童兴奋地叫着下水捞鱼。鱼儿颇不少，有溪哥、石斑、苦甘、沙鳅、鲫鱼等。

"雄牯！我们没东西装鱼，"老鼠湘说，"怎么办？"

雄牯朝四周望了一回说："这附近没有姑婆芋或水芋等大叶子可以包，我们又是赤膊来的，不然还可以用汗衫。"雄牯说到这里，忽然看见堂弟老巴忠的裤子——那是内裤，但当外裤穿。

"用老巴忠的裤子好了。"雄牯笑着说，"用月桃把裤管扎紧，就成了一个大袋子。"

"可是……雄牯哥！"老巴忠期期艾艾地说，"脱下裤子，我身上就什么也没有了。"

"哎呀！光着身体又有什么关系，对你毫无损失呀！"雄牯不以为然地说，"这些鱼装回去，我们就有鱼吃了……"

"但我总不能光着屁股回家呀！"老巴忠红着脸说。

"小孩子没有关系，不然用那岸边的结舌土，加水捣成泥浆，涂在你原来内裤遮住的地方。"雄牯正经地说，"如果不是很注意看，没有人知道你没穿裤子！"

老巴忠犹豫地呆站在岸上。

"你要是不脱下来，"雄牯以恐吓的语气说，"以后你休想跟着我到处玩，鱼也不给你吃。"

老巴忠只好乖乖地脱下裤子交给老鼠湘，然后走到岸边，把泥浆涂在腰与大腿之间。

正当村童们忙着捞鱼的时候，忽然有五个少年由上游走下来，手中提着鱼篮和鱼捞。

"喂！你们这群细鬼仔，闪开！"那五个中最大的一个吆喝

掏水捕鱼

着说,"我们毒鱼,你们倒捡起便宜来!"

雄牪他们抬头一看,都怔住了,其中两人正是经常横行在头前溪的少年牧童,也是雄牪捡水灯时遇见的,又正是欺负了添丁和流氓俊的那两人。其他的三人与雄牪差不多大,但雄牪从未见过,看起来像是二重埔那边小学的学生。

"哟!阿青哥,你看!他们捡了不少鱼了。"一个短发的孩子指着放在沙上的鱼说。

"装起来!"那个最大、被叫做阿青哥的说,"这些都是我们的!"

于是几个人就动手去捡五座屋庄村童放在沙上的鱼,他们一动手,这边的村童就阻止。最先发生冲突的是母猫章,他把前来抢鱼的少年推开,少年又冲上来,两个人就扯在一起。扁头鉴与另一少年厮打起来,添丁和流氓俊却害怕地躲站在一边,因为他们吃过那两个牧童的亏。

沙滩上乱成一片,雄牪立刻吩咐老鼠湘提着以内裤装着的鱼趁乱先走。

"你们是土匪,还是强盗?"雄牪尽其最大的声音喝道。

那些扯打的人都停了下来,就连那两个较大的牧童也吓了一跳。

"你们抓你们的鱼,我们抓我们的鱼,你们怎么抢到我们的头上来了?"雄牪义正词严地说,其实他心里也是怕得很。

那牧童回过头来看雄牪,又看看左右,他不知道雄牪有什么可以倚仗,竟然敢这样大声。

"我们花钱买鱼藤,当然毒死的鱼就是我们的。"那牧童一时搞不清楚状况,也就勉强解释着说。

"河里的鱼可是大家的,谁捞到就是谁的!"雄牪辩说道。

"是我们把鱼毒死的,所以死的鱼当然属于我们。"那牧童凶恶地说。

"鱼仍在河里,怎么可以说是你的?在你捞起来以前,还是属于大家的。而且毒鱼是犯法的,你知道吗?我屘叔可是当警察的,你敢抢我们的鱼,我就叫他抓你们。"雄牯吹牛地大声说,同时把表情装得冷冷的。

那牧童吃雄牯这么一说,一下子不知该怎么回嘴,一时大家都沉静下来,只有那娇小、尾长、黑白相间的鹡鸰鸟,在河边的石上,尾巴一翘一翘地吱吱叫着。

"雄牯!你屘叔什么时候当过警察?"憨仔财在这节骨眼上突然来这一问,同时脸上露出因为能挑剔到雄牯的话而得意的神色,还朝着添丁他们咧嘴一笑。

"你姆的!原来你在这里唬来吓去。"那牧童怒气冲冲地说,同时大喝一声,"抢!"

沙滩上顿时又扭打起来。那牧童开始追打雄牯,雄牯像小鸡一般跑躲着,那牧童像鹰一样追扑。

突然母猫章"哇"的一声哭了起来,接着栋仔、阿福也哭骂起来,他们是因为阻止另一个牧童来抢鱼而挨了那人的拳头。

雄牯在沙滩上绕来绕去地跑躲着,但难以摆脱那大牧童的纠缠。当雄牯快被捉住时,他恰好看见那些牧童装着鱼的竹篮正摆在一旁,他不顾一切地跑向那里,一脚将竹篮踢飞入河里,那牧童见状立刻跃入河里抢救。接着雄牯又飞起一脚,把另一篮也踢入河里,河里的牧童见状,大声嘶喊着同伴,于是混战立刻平静下来,接着对方的人都跳入河里去了。

"快装起鱼,走吧!"雄牯大声叫着那几个傻了的同伴。

于是,他们有的用内衣、有的用内裤包起鱼飞逃而去。河里的牧童大声叫骂着:"你们这些五座屋庄的夭寿仔,如果再让我遇上,我不打死你们,我就不是我阿爸生的!"

雄牯领着一群村童迅速穿过宽广的河床,爬上那条自五座屋庄直通到隘口的大石堤上,才敢坐下来休息,并且检查伤势。此时雄牯早把憨仔财赶得远远的。

母猫章的眼圈青黑黑的,栋仔的嘴唇肿了起来,阿福的胸被指甲刮伤了,雄牯的背被打了一拳,手臂上肿起一块。

"雄牯,这一来,以后我们就不能再去头前溪游水抓鱼了。"栋仔忧愁地说。

"我们可以到上游去,在靠近番仔寮那里有一个潭叫做鬼嬷潭。"雄牯说,"在那里游水,这两个看牛鬼就不易发现我们。就是他们来了,我们也来得及跑。而且养鸭阿郎常在那一带,有他在,就不怕那两个看牛鬼了。"

"雄牯,那是鬼嬷潭呀!"扁头鉴有点害怕地说,"听说去年就有一女、一男被水鬼拉入那个潭淹死了。"

"我说阿鉴!"雄牯轻蔑地说,"这件事不知道发生在多少年以前了,可是大人们每次向孩子说这件事的时候,都说是去年。"

"这件事我最清楚了……"雄牯放低声音,以神秘的语气说,六七个童伴立刻坐得更近雄牯,唯恐听不清楚。雄牯就把养鸭阿郎告诉他的故事搬了出来,又加油添醋地加上一些枝节,无非是要证明两件事:一是大人都喜欢恐吓小孩子,二是鬼嬷潭根本没有水鬼。

其实这件事是这样。台湾光复不久,农村潦倒,许多没有田地的人都找不到事,于是许许多多的人远赴花莲去做工或开垦。当时番仔寮有一个年轻人叫赌仔林,那时他的第一个孩子刚出世不久，他却因赌博而输光了父母遗下的家产，不得不撇下妻儿去花莲谋生。他临行时不但不知安慰妻子，反而恐吓她说："我回来时，你如果跟别人有了身孕，我就宰了你！"

赌仔林离家整整两年了，不但没有汇钱回家，连音讯也没有。他的妻子每日上山捡拾柴火，然后挑到镇上去卖，换取一点钱买地瓜度日。这事落在一个地主的眼里，就借口说她在他的林里偷柴火，于是向她施暴并使她怀了孕。当她的肚子越来越大时，她一方面害怕赌仔林回来后会打死她，另一方面又害怕万一赌仔林不回来，她以后将无法过活。终于她想不开，跳入头前溪的深泥潭自杀了。尸体在下一个潭浮起，从此那个浮尸的潭就被称为鬼嬷潭。

赌仔林的妻子死后不久，那个对她施暴的地主也忽然在一个山洪暴发的夜晚，跳入鬼嬷潭而死。后来也传说，赌仔林因赌博作弊而被人乱棒打死……

"其实啊！这个鬼嬷潭一点也不深，只因为它的名字可怕，那些抓鱼的人都不愿去那个潭，所以那里鱼虾特别多！"雄牯侃侃地说着，"上次养鸭阿郎和我还有老鼠湘在那里捕虾，半个下午就捕了两斤多，不信你们问老鼠湘！"

"真的！那地方真棒，水不很深，有岩石可以跳水，有树荫可以休息！"老鼠湘立刻附和说着，"你们如果还不信，明天我和雄牯先下水试给你们看！"

那些村童发现一向最胆小的老鼠湘也不怕，于是一致决定次日往鬼嬷潭游泳。

大伙在鬼嬷潭仅玩了两天，就被那两个牧童发现了，牧童另外又邀了两个同伴来围殴五座屋庄的村童。而很不巧，这一段日子阿郎赶鸭去了别的地方，所以除了流氓俊逃得快没有挨打之外,其他的人都被揍了。特别是雄牯,为了救老鼠湘而跟牧童缠斗,受了不少伤。要不是最后雄牯跳入鬼嬤潭,游过潭从另一边逃走,他一定会被揍得半死,因为那两个牧童恨死他了。

群童脱险回去后,成群地坐在土地庙后的大榕树上,谈论着这一天的遭遇。

"真不甘心!"臭头年咬牙切齿地说,"我们五座屋大庄的被菜头寮那边小庄的欺负!"

"雄牯!"个子细小的鬼灵精阿智说,"请你二堂哥来揍他们,你二堂哥不是在郑香师那里练什么白鹤拳吗?"

"算了吧!"雄牯嘟着嘴说,"他不但不帮我,还会教训我一顿,说什么我平常总欺负人,现在该尝尝被欺负的滋味!""流氓俊!"母猫章突然冷冷地说,"你平常在学校不是自称天不怕、地不怕的流氓俊吗?怎么这两次碰到菜头寮的看牛鬼,你跑得比谁都快,我看你是只会在牛栏里对母牛逞凶的牛牯罢了!"

"母猫章!你又神气什么!"流氓俊反击道,"最先哭的是你,哭得最大声的也是你!"

"好了,好了!"雄牯不耐烦地说,"吵有什么用?如果大家就只知道会吵会哭会跑,以后头前溪也不要去了,我看还是想个办法吧!"

于是孩子们都默不作声,只有那阵阵使人无法判别声音来向的小青蝉鸣声,像夏日午后难以察觉的微风一般传来。

"我看求人不如求己!"雄牯说,"反正也快开学了,我们明天去突击好好揍他们一顿,就是以后不去头前溪也没有关系了。"

"你说得不错,但我们打不过他们呀!"长脚茂说。

"每次都是他们先动手打我们。"雄牯说,"如果我们明天大家讲好一起动手,哪几个人合揍哪一个,怎么合作也事先配合好,譬如长脚茂抱那看牛鬼的左腿,流氓俊拉他右腿,我来推他,把他弄倒再揍他……"

"对!对!"流氓俊突然插嘴说,"就是每次我们没有事先说好,所以这么多人竟被他们三四个人打得落花流水。"

"既然准备干,"栋仔说,"雄牯你分配一下,我们就在土地庙前练一下!"

"好!"雄牯郑重地说,"老鼠湘、瘦蛙、鬼灵精、矮仔张,你们几个比较矮小的明天都带弹弓,如果有人追来,你们可以用弹弓阻止他们!阿福,你今天回家时,顺便去上山庄通知吉仔和黑人,要他俩明天也参加。"

一大群孩子在土地庙后的草地上演练着,但不一会儿,他们却玩起抢阵地的游戏了。

第二天午后,雄牯带了十三个伙伴到头前溪新渡船潭旁的河床,他们遥遥看见三个牧童骑在牛背上,正在河床的草丛里任牛啃草。

"他们只有三个人!"雄牯轻声说,"你们靠上来听我说。"

在高高的芒草里,雄牯小声地对着众人说:"我刚刚想到一件事,就是如果我们只是打了就跑并没有多少意义,以后我们不小心被他们碰上了,还不是要吃亏!"

雄牯看着每个又紧张又害怕又兴奋的孩子,然后又看着那远处的三个牧童,他说:"这样好了,等一下大家用弹弓对着他们,把他们围起来,我们要和他们谈清楚。"

决斗头前溪 /71

五节芒

村童们借着芒草前进，到了牛后约十五米处，只见那三个牧童在牛背上大声地笑着，谈着昨天的事。

"那些五座屋庄的小鬼，昨天一定吓破胆了。"那个次大的牧童说，"当我们突然出现并追打他们时，他们就像一群被追的小鸡一样地哭叫着，没命地跑着！"

"可惜上次踢我鱼篮的那个小鬼，只被我打了两拳就让他跳到河里跑掉了，不然我一定要把他打得跪在地上喊我祖父才放过他！"

"要是我昨天也参加就好了！我绝不会让那家伙跑掉。"那第三个人说，"谁教你不请我，却请了阿德和赤牛仔！"

"我去找过你，你弟弟说你上山割草去了！"大牧童说。

这边雄牯一挥手，十几副弹弓一起将石子射了出去，分别射在三只水牛身上，三只水牛突然狂跳前奔，把背上的牧童抛落地面。

当三个牧童落地仍在惊慌未定时，突然四面芒草中冲出一大群少年，把三个牧童围在中间，每个少年手上都有一副拉满的弹弓对着他们。等三个牧童看清楚围他们的人正是五座屋庄的村童时，他们的脸色变得白起来，一股惊恐罩在他们的脸上。

"你们最好不要动，不然会被打成蜂窝！"雄牯冷冷地说着，从群童中走出来，"想不到吧？许久以来，你们仗着身体比我们高大，连连欺负我们。"雄牯慢慢走上去，忽然一脚踢在那个子较大的牧童的胸部。那牧童见那么多弹弓对准他，也不敢回手，只有用手捂着胸部。

"你们凶是不？"雄牯沉着声说，忽然半转身一脚踢在另一牧童的屁股上，那牧童突遭此一踢，顿时向前一倾，眼泪也涌了出来。

"你这人管什么闲事？"雄牯一巴掌打在那未见过面的第三人脸上，"你刚才说什么大话？昨天要是你也参加了，今天你的皮就要翻过来了。"

那个子较大的牧童这时缓缓站了起来，气力也恢复了，态度也顽强起来。突然他的膝部被流氓俊从后面猛踢一下，于是他跪倒下来，接着流氓俊又一脚踢在他背上，他便向前趴了下去。

"上次打我和添丁时笑那么大声，现在笑来听听吧！"流氓俊得意地说。

那牧童一脸怒色，但他一句话也不敢说。

"流氓俊，退回去！"雄牯说。流氓俊对另一个牧童又踢了一脚，才满意地退回去。

"你们两个听着！"雄牯朝地上的两个牧童说，"我们踢你们几脚，把以前你们欺负我们的事扯平。"

"但你们要清楚，这条河是公众的，谁都有权利来。你们菜头寮的孩子来玩，我们也从未欺负过他们。以后你们如果再欺负我们任何一人，我们绝不会轻易放过你们！"雄牯的语气很严肃。

"你们要知道，五座屋庄的狮阵可是这条水最强的，你们菜头寮要找一个弄狮尾的人，都找不到哩！"雄牯得意地说，"我们这些孩子现在每天晚上都在鼎鼎大名的拳头师父郑香师那里学拳头，所以我警告你们！"雄牯咬着牙说，"如果再有一个五座屋庄的孩子被你们欺负了，"雄牯顿了一下说，"我们如果不把你们捆起来投入头前溪里，我们也会砍断你那几头水牛的牛腿，那么你们的老板也会砍断你们的腿！"

"我鹰仔雄牯，老师都不怕，也不会怕着你们！"雄牯装出天不怕地不怕的表情狠狠地说，"我们五座屋庄的人不是好欺负的，你们想试试看，就尽管来好了。"

"走！"雄牯大声说，于是一大群孩子扬长而去，留下河床上的三个牧童。突然那个较大的牧童跳了起来，惊叫着说："我们的牛！"

三个牧童急急忙忙朝着头前溪下游追去，惊起了河畔石上的白鹡鸰，一起一伏地飞越蓝焱焱的头前溪，吱吱的鸣声，在永久不变的流水中微弱地传来，就像盛夏村童午睡梦回之际，恍恍惚惚地听到童伴在隔着晒谷场的竹篱笆外，用那种压抑着、怕惊醒大人午睡的声音，轻呼着他的绰号，又熟悉、又亲切、又微弱，似梦、似真，一声一声的。

离家出走

　　老鼠湘和他弟弟一早就随他们母亲去犁头山的舅舅家,小堂兄阿正带着几个堂弟堂妹到他二重埔的外婆家。这一天,雄牯单独把水牛赶到通往埤塘窝的牛车路上放牧,回到家时差不多十点钟了。他觉得有点饿,走到饭桌想找一点早餐吃剩的地瓜来充饥,可是饭桶里空空的。雄牯又走到厨房,里头一片氤氲。

　　"不知道是大伯母还是五婶煮饭?反正今天煮饭的不是妈妈就是了。"雄牯一面回头走出厨房一面想。平常轮到母亲煮饭的日子,雄牯就会忙得团团转,要帮着洗菜、汲水、取柴,或者去五座屋庄中的小店买一些零碎的物品。

　　雄牯穿过正厅,走到偏房,可是走遍各室竟然一个人也没有,平常跟着乱跑的两只狗也不知去了哪里。偌大的房子阒无人声,雄牯觉得寂寞得难过,无聊地往大通铺一躺。天窗斜斜射入一道太阳的光柱,雄牯凝视着光柱中飞动的尘埃。屋后一只刚下过蛋的母鸡正在兴奋地咯咯啼叫着,那不变的咯咯声,一声一声地催眠着饥饿与寂寞的雄牯。于是睡着的雄牯梦见大群的童伴围蹲在一起,比赛模仿母鸡的啼声,童伴们一个接一个地突然站起来,伸长脖子,尖了嘴唇,咯咯地模仿着母鸡的啼声……

母鸡鸣声停了以后，雄牯又梦见童伴们一起烘着花生，那香味袭来，雄牯遂醒了。空气中飘着厨房溢出的炒花生的香味，雄牯饥肠辘辘地坐起来，他看着那道天窗射下来的光柱。"还要好些时候才能吃中饭啊！"雄牯心里难过地想，然后他咽了一下口水。

"对了！今天没有人在家，何不偷一点花生来烘！"雄牯心头一动，于是他走到仓库，打开一个木桶，从中取了几把未剥壳的花生，放在内衣与肚皮间，使得他的肚子看起来鼓鼓的。他又想到了火柴。除了厨房，火柴可不容易找。忽然他想起祖母每天要上香，神桌上就放有一盒火柴，于是雄牯也有了火柴。

雄牯从后门走出去，他看见竹林边那座高高的稻草堆。"到那稻草堆中间的小空地上去烘吧！又隐秘，又有竹荫！"雄牯想。

雄牯用干草点了火，再加上竹片树枝，不一会儿就有了一堆红烬。于是他把未去壳的花生投入红烬中，然后用瓦片把红烬盖了起来。五分钟不到，雄牯就迫不及待地把花生挑出来，也不管是否熟了就吃将起来，烫得雄牯连连嘶嘶地吸着气。这一点花生吃下去更刺激了雄牯的饥饿和食欲，而花生那使人欲罢不能的独特香味，使得雄牯更加难过起来。他又在余烬上放些干草引火，再加上些干竹枝、树枝，就离开那里往仓库去偷花生。

"等我回来时，这些柴就变成红烬了，"雄牯想，"我不必再重新生火。"

这一次雄牯拿了比上次还要多一点的花生，等他走出后门，他立刻看见稻草堆那边冒着好大的烟火。雄牯急忙跑过去，草堆中间已经燃成一片火海。雄牯取了一根树枝猛拍着，但无济于事，而炙人的热气使雄牯往后退去。他想到去叫大人来救火，可

稻草堆

是家里除了煮饭的主妇就没有人了。他害怕地退到往小溪的堤上，火势越来越猛，发出轰轰的响声，火舌直掠到竹子的尾端。

"放火烧大士爷的报复终于来了。"雄牯想，"闯出这种大祸，准会像上次因为贪玩而丢了上衣和书包那样，被母亲用绳子缚起来揍。"

"上次还好，祖母闻声来救我，可是今天祖母到太平窝拜观音去了，明天才会回来。"雄牯的心怦怦地猛跳着，他想，"我一定会被揍个半死，怎么办？"

"火烧草堆啦！火烧草堆啦！"那边牛车路上一个路过的妇人高声地叫着。

"还是跑吧！至少要等祖母回来才能露面！"雄牯想着就沿着杂树夹岸的小溪朝下游跑去。到了一座跨溪的小石桥，他爬到桥栏上坐了下来，这座石桥正是五座屋庄通往下山庄的牛车路中点。

"去哪里呢？"雄牯难过地想着，不禁掉下泪来。他想着老鼠湘，又想着堂兄阿正。"他们都去他们的外婆家了啊！我也去外婆家吧。"想到这里，雄牯心中稍为好过一点。

"但外婆家是那么远，要乘汽车、火车。唉，我不但没有钱，甚至怎么搭车都不知道。每次去外婆家都是妈妈带我去的。"雄牯思前想后地烦恼着。

"不管了，反正走投无路了，妈妈不是常说路在嘴边，只要问路就到得了吗？"雄牯想着就开始行动。他穿过田间的田埂走上一条废了的铁路改成的牛车路，那是从前日本殖民台湾时代运糖的小火车走的。雄牯时跑时走，不久就到了东海窝，牛车路在这里归入大马路。雄牯又沿着大马路前进，过了那个叫榕树下的小村，就到了六家庄的岔路口。到了这里，雄牯不知该走右边还是左边的路,他看着岔路口边唯一的一家小店,就走了进去。

"阿伯,请问去竹北走哪一条路?"雄牯很有礼貌地问店里的主人。

"右边那条路一直去,到安溪寮那里有岔路口,折往左边那条路再一直前行就到竹北了。"那店主人热心而详细地说,"过安溪寮要记得左转,不然你会走到犁头山那边哟!"

"多谢阿伯!"雄牯依言前去,中途又问了几个路人,终于到了竹北火车站。

雄牯站在漆成黑色的木栅栏外瞧着空荡荡的站台,他又走进候车室。这时候车室里有七八个旅客坐在里头,一看就知道是从乡下来的,因为他们虽然外衣穿得很干净,可是脚上还是乌黑黑的,而且带着大包小包的行李,还有装着鸡的笼子,和一些装着竹笋、黄瓜的篮子。

"阿伯!"雄牯问一个正在注视他的中年人,"请问您要去哪里?"

"台北。"那中年人有点神气地说。那年头里,没有几个乡下人到过台北的,每个从台北回来的人,开口就"在台北……"、"台北人……"

"几点的火车?"雄牯又问。

"本来是十二点半,可是火车晚点了,大概要一点半才会来!"那人不满地说。

"哦!小阿哥,你要去哪里?还是要接人?"那中年人缩起一只脚放在木凳上问雄牯。

"我要去伯公岗。"雄牯说。

"伯公岗!"中年人讶异地问,同时又把他的另一只脚缩到凳子上,"你一个小孩跑那么远的路干什么去的?"

"去我外婆家！"雄牯镇定地回答。

"哦！这样子，你很聪明也很大胆啊！"中年人点点头，"你买票了没有？"

"没有，我没钱！"雄牯老实地说。

"没有钱！没有钱怎么搭火车？"中年人问。

"以前我跟我母亲搭火车都不必买票啊！"雄牯答道。

"喔，也是的！"中年人又点着头说，"好！等一下进站时你走在我前面一步好了。"

"谢谢您，阿伯！谢谢！"雄牯感激不尽地说着，然后在一旁坐下来，中年人的眼睛也渐渐眯起来打着盹。

雄牯无聊地望出车站外。对面有一家面摊子，一位妇人正捞着热气腾腾的面。雄牯实在饿得难受起来，他想起藏在内衣和肚皮间的花生，便掏出来慢慢剥着壳吃着，也不在乎它是生花生。

不久，一个穿着制服的检票员出现在检票口，他大声说："北上的旅客现在开始检票。"

现在一共有了十来个旅客，雄牯走在那中年人的前面通过检票口。

"喂！这个小孩这么大了，该买半票了！"检票员说。

"哎呀！他还小嘛！"中年人回答。

"怕已有十来岁喽！"检票员说。

"我台北来来去去，也未替他买过票哩！"中年人大声地说，用以表示他比一般乡下人有见识。

"总要有第一次啊！"检票员摇摇头无可奈何地说，"等一下在火车上查票时还是照样要补票的。"

"好！下次，下次一定买！"中年人频频肯定地说，然后进入站台去。

吐着大气的火车缓缓进了站,也似乎不胜暑热。雄牯跟着中年人上了火车。车上旅客稀少,长长的木板凳上坐了三三两两的旅客,并且都在沉睡着,只有一两个旅客微张了眼睛看看站台上的站牌,又闭上了眼睛。雄牯在离中年人不远处坐了下来。

一阵震动从火车头直传车尾,火车"泼"地叫了一声,然后哈着气开动了。雄牯心中既兴奋又害怕,现在要回头也来不及了。

雄牯趴在窗口看着外面飞逝的田野。过了长铁桥,火车爬着坡,一会儿山崎就到了,但见沿着铁路有好多砖窑,山崎站上下的旅客也极少。火车又朝北走,到了湖口,火车停了一刻钟,等后面的快车过去,然后才走。

"伯公岗就到了,小阿哥你准备下车吧!"当火车慢慢停下来时,中年人说。

"谢谢阿伯,"雄牯感谢地说,"有空来我们家玩!"

"小阿哥,如果不认识路就多问人,或者去派出所问警察!"中年人热心地交代着。

下得车来,雄牯忽然想笑:"这位阿伯又不知我家住哪里,我却请他有空来玩!"

也没有几个旅客在伯公岗这样小的车站下车,雄牯沿着站台走。看见一个老太婆吃力地提着两个布包袱,雄牯走上前去说:"阿婆!我帮您提一包!"

"小阿哥真乖!"老太婆笑眯眯地说。

雄牯提着一个包袱走在老太婆前面,出站时收票员望了一下雄牯,又看看老太婆,嘴唇动了一动,终于没有说出话来。

"小阿哥,谢谢你!你要去哪里?"在火车站廊下,老太婆一面擦着汗一面问。

小火车

"新屋甲头厝。"雄牯回答说。

"啊！那正好！我们可以同车，车子已经等在前面了。"老太婆指着停在火车站前面不远处的一辆灰蓝色的新竹客运车说。

"我没有钱乘车。"雄牯低着头说，装出一副可怜相。

"哎呀，你的父母也真是的！"老太婆喃喃地说着，"好吧，我替你买票好了，反正小孩买半票只要五角银！"

"谢谢阿婆！"雄牯说。于是他提着包袱随老太婆上了汽车，客运车上已坐了十来个人，司机却不在上面。

当老太婆替雄牯买票时，那客运车的售票员小姐要雄牯买全票。

"你不要欺人太甚好不好？"老太婆生气地说。

"我也没办法，这是公司规定的。"售票员冷冷地说。

"规定！"老太婆慢慢地说，"小孩子买全票，你别欺负人没出过门！"她气呼呼地说。

于是两人争吵起来。雄牯一看他替老太婆惹了麻烦，心中甚为过意不去，就说："阿婆！谢谢您的好意，我走路好了。"

"不！你别怕。"老太婆安慰雄牯说。

"谢谢！"雄牯一面放下包袱，一面跳下车就走了。

这时车上的旅客纷纷指责售票员没有人性，售票员又与其他乘客吵了起来。然后司机上了车，他立刻从乘客与售票员的嘴里知道事情发生的经过，他安抚了售票员，又向老太婆说了一些好话，这才开动车子。

雄牯沿着火车站前的红土路走下去，他正想问人从伯公岗到甲头厝的快捷方式时，听见客运车从他身后驶来，他冲动得想捡起石头来掷那售票员。

忽然车子在雄牯身旁停了下来，车门也打开来了。

"小阿哥，上来吧！"司机大声说。

雄牯不假思索地上了车，他望望一脸寒霜的售票员，不禁用怀疑的眼光去看司机。

"小阿哥，你从哪里来，要去哪里？"司机一面开动车子一面问。那司机约有三十来岁。

"从新竹来，去甲头厝。"雄牯答。

"我也是甲头厝人。"司机说，"你去谁家？"

"岔路口，碾米厂前那一家。"雄牯回答说。

"我知道了，"司机说，"你到后面去坐吧！"

雄牯走到老太婆旁边坐下来，老太婆对他愉快地笑笑说："现在半票也免了。"

到了新屋站，司机把雄牯带到另一辆客运车上。这司机向那辆车上的司机说了几句话，就叫雄牯上车去，他说："到了甲头厝，售票员会通知你下车！"

雄牯在甲头厝下了车，远远地看见外婆在榕树下喂鹅，雄牯再也忍耐不住，哭了起来。

外婆惊奇地放下手中的东西走过来，把正在哭的雄牯揽入怀里。

"你怎么了，雄牯，不要哭！"外婆温言安慰他说，"告诉我发生了什么事？"

雄牯哭得更伤心，好不容易在哭声中说出了："我肚子好饿……"

吃过外婆特别为雄牯炒的地瓜饭后，雄牯疲倦地睡了。他醒来时，外婆把专为雄牯留藏的木屐拿出来。雄牯穿上，觉得小了一点点。

"哎呀，半年不见，你又长大了！"外婆高兴地说。

雄牯的三个表兄弟也从田里回来了,屋里顿时热闹起来,彼此迫不及待地说着一些好玩的事。只有一件事雄牯不愿回答,那就是表哥问他功课得了第几名。其实雄牯的功课也不很差,总排在十来名,可是他的表兄弟却总在前三名,所以雄牯不好意思回答。

晚饭后,外婆把雄牯叫到卧房里问:"雄牯,我知道你一定发生了什么事,才会一个人来。你一向很诚实,快告诉我什么事,这样我才能帮你,不然你再错下去,到时谁也不原谅你。"

"……"雄牯低下头来不敢回答。

"做错事要勇于认错,那才是真正的勇敢啊!"外婆抚着雄牯的头说,"你敢抓蛇,敢掏蜂窝,为什么不敢告诉外婆实情呢?"

雄牯终于在外婆的劝诱下,把全部经过告诉了外婆。

"好,雄牯,你很勇敢。明天一早外婆带你回去,你要当面向母亲认错,并接受处罚。然后你要来外婆家玩,外婆再带你来,好不?"外婆说。

雄牯点点头。

"像你这样神不知鬼不觉地离家出走,你父母急都急死了,他们会以为你被水淹死了!烧了稻草堆,固然要挨打挨骂,但偷偷离家才是大错特错,你以后千万不要再犯啊!"

雄牯猛点着头,泪水潸然落下……

牧童之歌

九月里的一个星期日早晨,雄牯和老鼠湘把家里的四条水牛拉出来放牧。在农闲的时候,雄牯唯一的活儿就是牧这四头水牛。平常上课的日子里,雄牯是在放学后才牧牛,而在星期日他往往一早就骑着牛出去了,雄牯总利用这牧牛的时候顺便去找山里的朋友玩,直到肚子饿了才回家。

"雄牯,今天我们去哪里牧牛?"老鼠湘利用高起的土堤跳上牛背时问道。

"柑园岗!"雄牯说,"我们把牛赶入那里的第四公墓任它们吃草,然后我们去埤塘窝找草螟仔阿乾,好久没有看见他了。"

"草螟仔不是停学了吗?"老鼠湘问。

"是啊!"雄牯说,"这学期开学他就没有来了。我们去邀他一块到山上焖地瓜,找野刺莓,还有野菝仔,那种又酸又甘的青心菝,现在正成熟哩!"

老鼠湘用舌舔了一下唇说:"青心菝是所有菝仔中最好吃的了,不像前阵子的红心菝,不是涩就是淡,种子又多,常常使我拉不出大便来!"

放牛的牧童

"青心菝固然好吃,但牙齿很容易酸软。"雄牯说,"我看还是那种白心的猪油菝最棒!"雄牯说着,咽了一下口水。

"走吧,雄牯!"老鼠湘说,"越说我越难过。对了,你带火柴了吗?"

"当然!"雄牯轻声地说,"小声点,别让大人听到了!"

他们催着牛朝那边的丘陵前进,十几分钟就到了山边。从这里他们沿着出殡的土路朝山上的公墓走去。在半山腰,雄牯突然听到前面有哭泣的声音,他紧张了一下,以为遇上了出殡的行列,那是很倒霉的事。

不一会儿,雄牯就看见一个与他差不多大的孩子,一面从山上跑下来,一面哭着。

"啊!是草螟仔!"雄牯惊呼了一声。

那孩子也止步看了一下,叫了一声:"雄牯……"然后又继续哭泣着。

"什么事,草螟仔?"雄牯跳下牛背迎了上去。

"我的牛跑掉了……"草螟仔哭着说。

"你哪来的牛?"雄牯奇怪地问,因为他知道草螟仔的父亲是靠做工维生,并没有养牛。

"我现在替阿昌伯看牛。"草螟仔委屈地说,"所以我不能再上学了……"

"为什么呢?你不是上学上得好好的吗?"雄牯关心地问。

"我阿爸得了什么肺病,不能再工作……"草螟仔说着又哭了起来。

"不要哭嘛,草螟仔!"雄牯说,"上学有什么稀奇,我真羡慕你,不必做作业,也不要挨老师的板子……"

"可以天天上山采野菝仔、野刺莓吃呀!真棒!"老鼠湘说。

"可是我的牛跑了,我回去会被阿昌伯骂,又会被我阿爸打!"草螟仔忧惧地说。

"你的牛怎么走失的?"雄牯问。

"我在柑园岗的公墓里放牧,在那里同时有一大一小的牧童牧着四条水牛。其中有一条是未阉的大公牛,很凶。那大牧童是一个跛子,他把公牛的牛角尖磨得尖尖的,每次我去牧牛,他就故意驱那只大公牛来顶撞我的牛。今天我那只公牛受伤狂奔往山下跑了……"草螟仔激动难平地说。

"别怕!"雄牯生气地说,"我用我骑的这头公牛去跟他打。"

"可是我的牛已经跑掉了,"草螟仔说,"我必须先去把牛找回来。"

"我刚才在小溪旁看见一只陌生的大水牛,大概就是你的。"雄牯说,"因为这一带的水牛差不多每一只我都认识,可是溪边那只我却不认识,那只大水牛的鼻子还出了血!"

"对了,就是那只,我去把它找回来。"草螟仔说,"雄牯你帮我照顾另外两头水牛,一头是母牛,一头是阉牛,我将它们系在公墓左下的茶园防风林里!"

"好!"雄牯说,"你快去,牛不用你操心,待会儿你找到牛再回来墓地旁茶园防风林。"

"好!"草螟仔说着就往山下跑去,立刻消失在桂竹夹径的山坡路里。

雄牯踩着牛的前膝爬上牛背,用缰绳的后半节甩打着牛背催着牛前进,几分钟后就到了第四公墓边了。那是一大片绵延三个丘陵的大公墓,经过漫长的夏季,墓地里荒草灌木丛生,只有较大的石墓碑尚依稀可辨。

"老鼠湘,你把牛赶进防风林里,顺便去照顾草螟仔的另外两头牛。"雄牯说,"我骑这头公牛去那边看看!"

雄牯骑着牛走入墓地,一股令人不太愉快的气息袭了过来,尤其走过那两旁金斗瓮夹道的路段,自然地会令行人心跳猝然加速,脚步也加快了。雄牯沿着那道穿过墓地的土路前进,过了第一个丘陵,他就看见一大一小两个牧童正在一个小而旧的凉亭里,附近有六头水牛在啃草。

那两个牧童目注着雄牯放开牛去吃草,然后两人低语了一阵。其中较大的一个赶起一头大水牛一拐一拐地慢慢朝雄牯走去,小牧童跟在牛后。

"喂,细鬼仔,你是哪里来的?"那牧童气势凌人地问。

雄牯看了他一眼,那人脸短短的,加上一对细细的三角眼,雄牯看了好生厌恶。

"五座屋!"雄牯毫无表情地回答。

"你这头公牛看起来好像很会打架的样子。怎么样,细鬼仔,有没有种?我们来打打看!"那牧童挑衅地说。

"我的牛是犁田的,不是打架的。"雄牯板着脸说。

牧童吃雄牯这么一说,一时答不出话来,沉默了一会儿才恼羞成怒地说:"我老实告诉你,这公墓一带是我们柑园岗人牧牛的地盘。你们外庄来的,除非打赢我的牛,否则不要来。或者你乖乖叫我三声祖父,我还看在你傻孙子嘴儿甜的份上,让你在这里牧牛,哈!"牧童说到后来,得意地笑了起来。

雄牯知道这人纯是找麻烦欺负生人,所以不理他,牧童就把牛驱到雄牯的牛旁。两只牛遂互相嗅着,吐着气,接着牛头对上牛头顶了起来。

雄牯发现那牧童的牛比他的牛大得多,急着想把牛拉开。可是雄牯使尽了力,用树枝打也拉不开。这时两头牛的牛角已经对上了,雄牯赶忙躲开,因为一旦牛儿真正打斗,那是非常危险的。

两头公牛低着头,角对角,互相押着甩来甩去,发出碰撞的脆响,双方进进退退,顶来顶去地鏖斗着,声势惊人,把一大片高草都踩倒了。

对方公牛不但比较壮,而且牛角角度长得比较向后上弯,而雄牯的公牛牛角角度太开,所以当两头牛角挂角扭拧时,雄牯的牛即落下风。而且对方的公牛常利用角尖,趁着打破角挂角的均衡时,袭刺对手的头顶或横割脸颊。有几回对方的牛利用绞开雄牯公牛牛角的一刹那刺向它的腹部,所幸雄牯的牛回身得快,只受到轻伤。如此几分钟后,雄牯的牛已经有四五处流血了,特别是耳朵下的一处,伤得较厉害,血流不止。

雄牯看得心急死了,再这样斗下去,他的牛必会身受重伤。可是,要分开两只相斗的牛是非常危险的事,即使大人也不敢轻易尝试。雄牯忽然想起有一次他的祖父用一种巧妙的方法,把两只缠战不休的狂牛分开。于是他从后腰背上抽出镰刀,急急割了一束干草,又砍了一段树枝,把干草扎在树枝前端。他又从口袋里拿出那预备用来生火烘地瓜的火柴,点燃了干草,持着燃烧正炽的火把冲到战斗中的牛旁,将火把刺在两个牛头中间,两头牛立刻向后跃开,分向两个方向狂奔而去。

那两个牧童原本正在喝彩着他们的牛占上风,忽然雄牯蹿出来,用火把烧开了牛,两个牧童都愣愣地站在原处。这时雄牯已经丢下火把去追他的牛。好一会儿,那较大的牧童才猛然回身,一拐一拐地追着他那奔逃的牛而去。

雄牯一路跟着公牛留下的足迹，朝埤塘窝的方向追下去。穿过相思林，越过茶园，雄牯猛追着，最后发现牛正在水涧里喝着水。雄牯口中发着"啧！啧！"的声音慢慢接近，然后拾起缰绳将牛拴在涧岸的小树上，以防牛再次奔蹿。他又去摸摸牛身，使牛安定下来，然后才检查牛的伤口。一共有六处受伤，耳下的伤处最厉害，还淌着血。雄牯用山涧的清水洗净各伤口，又在山涧旁采了一些金狗毛敷在伤口上。这种金狗毛是一种羊齿茎基部上所生的金黄色毛，俗传是一种很好的止血药。

雄牯弄妥之后，拉起牛循原路回到老鼠湘停留的防风林里。这时草螟仔也找回他的牛了，雄牯就把经过告诉了他们。

"他们那条公牛相当厉害，身体又大又壮，角往上弯又很尖锐，"雄牯忧愁地说，"我这只牛也吃了亏。"

"怎么办？我没有其他地点可以放牧了。"草螟仔哭丧着说。

"你暂时避开公墓好了，等一下我带你去三段崎那边的坡地去放牧，以后你就去那里放牧好了。"雄牯说，"等过几天，我想办法把那公牛的角尖锯断以后，你再回公墓这里来放牛。"

"也只好这样……"草螟仔无可奈何地说。

"雄牯，最近学校怎么样了，发新课本了吗？"草螟仔忽然问起了学校的情形。

"啊！有，好多本，都是很难的新功课。我真不想念，天天都要写好多生字。"雄牯说。

"有没有教新歌？"草螟仔一向喜欢唱歌，所以特别关心歌。

"有！"雄牯说，"新来的老师教好多首，像什么《老渔翁》、《好兄弟》、《流水》……不过每天早上还是唱那首

'……亲爱的小朋友们，大家要讲卫生。卫生十大信条，条条要遵行……'"雄牯说着随即改用唱的。

"卫生第一条，"老鼠湘接口唱下去，"放屁记得牢……"

于是三个人都笑唱起来，他们把卫生十大信条歌的内容，全部都改成不卫生的歌。

"雄牯，新歌哪一首最好听？"草螟仔问。

"《流水》！"雄牯答道。

"唱给我听听好吗？"草螟仔要求说，"等一下我唱山歌给你听，是阿昌伯的长工教我的。"

"哟，山歌也会了，看来你真的变成牛郎了。"雄牯说着，三个人都笑起来。

"好，你听着！"雄牯就唱了起来：

门前一道清流
夹岸两行垂柳
风景年年依旧
只有那流水
总是一去不回头
流水呀
请你莫把光阴带走

"嘿！真好听，你下次教我唱！"草螟仔说，"可是最后一句'莫把光阴带走'，'光阴'是什么意思？"

"我也不知道，老师解释时我没有注意听。我想大概是鱼，或者是小船，或者是花之类的东西，所以流水才带得走呀！"雄牯说，"你唱一首山歌来听听吧，牛郎哥！现在听你唱山歌了！"

"好，但可别笑哟！"草螟仔说，然后唱起客家的老山歌：

放牛放到芒草岗
芒草密密不成行
阿哥高唱妹来答
喜鹊飞落结成双

阿哥落落放牛郎
阿妹亭亭采茶娘
莫道歌短道情长
不羡神仙美鸳鸯

"山歌唱得不错，只是唱一些不三不四、什么阿哥阿妹的。"雄牯说，"再唱一首正经一点的吧！"

"人家就是这么教我的呀！"草螟仔说，"倒是那天，我听到那个在伯公庙教汉书的温先生自拉自唱一首很不错，我偷偷学的，你听听看。"于是就唱了起来——

太阳坠西照他乡
母牛携子出池塘
喝酒要喝米酒头
采花要采牡丹黄

"好！"雄牯和老鼠湘齐声道。

"草螟仔！"雄牯说，"我看你不要放牛了，就专心练唱歌吧！说不定以后你可以去卖唱哩！"

近午时，他们分手回家了。一路上，雄牯一直在思考着如何去锯那只公牛的角，最后他终于想出了可以一试的方法。

九月廿八日，也就是教师节放假那一天。雄牯清早就和阿福、老鼠湘、吉仔一起到柑园岗的公墓去。那大片墓地里已经有几只牛在啃草，但没有那两个牧童的踪影。雄牯一下就找到了那头大公牛，他叫老鼠湘和吉仔在小路两端把风。

雄牯从口袋里掏出一点盐巴抹在手上，然后走近那公牛身旁。雄牯把沾有盐巴的手伸到牛嘴前，那只公牛立刻舔食雄牯手上的盐巴。雄牯随即揪住公牛的鼻圈，然后阿福上来拿出小锯就把牛角的角尖锯下来，那牛只顾舔食雄牯的手，毫不在乎阿福锯它的角尖。

牛角尖锯下后，雄牯他们一路跑着去三段崎那边，把这消息告诉了草螟仔。

过了几天后一个放学的下午，雄牯和他的一群伙伴刚走出街尾到通往新埔那个岔路口时，草螟仔已然等在那里，他一看到雄牯眼泪就涌了上来。

"又怎么了，草螟仔？"雄牯关心地问。

其他的同伴也围了上去，争先恐后地叫着草螟仔，又问长问短的。

"那头被你锯掉牛角尖的牛，反而更凶猛。"草螟仔忍住哭泣说，"今天它又把我的牛撞伤了，使得牛奔逃到打砖窝那边，才被山里的人给拦住……"

所有的孩子都静静地听着，他们早从阿福和吉仔口中知道锯牛角这件事。

"这该怎么办?"雄牯烦恼地说。

"简单!把那公牛阉掉!"鬼灵精阿智轻松地半开玩笑说,"阉牛是不打架的!"

"阉?"雄牯皱皱眉说:"阉死怎么办?"

"不会的!"鬼灵精胸有成竹地说,"别忘了我阿爸是专门阉牛阉猪的师傅,最近他几乎天天出门阉牛,因为现在是阉牛的季节。"

"阉牛还有季节?"瘦蛙阿琳问。

"有,当然有!"鬼灵精以专家般的口吻说,"秋分之后、立冬之前,这个时间里阉牛比较安全!"

"你会阉吗?"雄牯热切地问。

"当然会!"鬼灵精肯定地说,"我常随我阿爸出门阉牛,我阿爸总要我帮这帮那的,我现在闭着眼睛都可以阉了。可是阉牛以前要把牛固定住才难啊!"

"好!我们看你的了,鬼灵精!"雄牯说,"十月十日那天,我们大家一起去吧!"

"好!好!"一大群孩子兴奋地叫着。

现在雄牯的烦恼又来了,就是该怎么固定牛这件事。起初,他想学通常固定牛的方法,把牛的四肢绑起来,然后由一群人把牛拉倒,再固定于地上。可是雄牯知道,靠十来个小孩是办不到的。不过,在雄牯想起老师讲过的马来西亚人抓猿人的故事之后,他就有了主意。

星期日早上,十几个顽童到了柑园岗的公墓。他们躲在防风林里,瞧着那两个牧童把五头水牛赶进墓地里,又目送他们朝纸寮窝那边的山步行而去,留下那五头牛在墓地里吃草。

在确定那两个牧童远离之后,雄牯以食盐把那只公牛引到近埠塘窝这边的大树林里，又把另外四头水牛驱散开，以防万一牧童忽然折回，可以拖延时间。

在树林里雄牯取出了两瓶孩子们各自从家里偷来的米酒头，利用竹筒把酒灌入公牛的嘴里。那公牛也似乎颇欣赏米酒，咕噜噜地喝了进去，二十分钟不到，空着肚子的它就醉倒在地上了。

"猿人模仿人喝酒，醉倒树下被擒了！"雄牯得意地学着老师讲故事时的口气说，"可以动手了吧，鬼灵精！"

鬼灵精摊开用布包扎的阉割用具，那是他父亲放在橱子里备用的一套。这时，鬼灵精的双手开始发抖了。

鬼灵精把工具摆妥后，不但手愈发抖得厉害，现在他忽然觉得全身软弱无力，连小刀都拿不住了。

"雄牯，我不行了。"鬼灵精脸色灰白，无力地说，"我没有单独阉过。"

"鬼灵精，不要紧张，你不是说三五分钟就好了吗？"雄牯安慰着他说。

"不行，我连刀子都握不住了。"鬼灵精颤声说道，"跟上次演讲比赛一模一样，事前我背得滚瓜烂熟，可是一上了台，不但全部忘光了，就连口都张不开！"

"慢慢来！鬼灵精！"雄牯说，"这里只有我们的伙伴，所以不必紧张。现在你要做的，就像你父亲平常阉牛时一样的事而已，五分钟，一切就过去了……"

鬼灵精看看雪白的小刀，又看看那只像小山一般的公牛，他忽然觉得周遭的光线逐渐昏暗下来，又感到全身虚脱，他软弱地说："改天吧！雄牯，我好像要昏倒了。"

"算了，鬼灵精！"雄牯说，"我来！"

雄牯接过小刀说："你在旁边指导我好了，顺便帮我。"

"好！"鬼灵精说，"先用酒精在睾丸上擦一擦。"

"用手揪起睾丸的外皮，用小刀割开像小指一段长的伤口！"鬼灵精说。

雄牯照着做，血一下子就涌了出来，鬼灵精用布擦去血，看了一眼说："雄牯，再切深一点点！"

雄牯又补切了一刀。

"好！"鬼灵精说着。他又擦去流出来的血，接着他双手一挤，把睾丸挤出来。这时的他已经恢复气色，开始熟练地动起手术来。他把睾丸与阴囊相连的网状膜拉开，又分开其间的血管，然后把睾丸割了下来，居然一点血也没有。他又用相同的手续割下另一个睾丸。完了之后，鬼灵精用一枝弯针把伤口缝了起来，又给伤口上了药膏，然后用一块浸过药水的布，将整个空阴囊包扎起来。

"好了！"鬼灵精满头大汗地说。

"了不起啊！"雄牯和同伴们纷纷赞美说。

"不愧是家传的啊！"吉仔拍拍鬼灵精的背说。

他们准备离去时，臭头年问："雄牯，这牛怎么办？"

"到了中午或下午，它就会醒来。"雄牯说，"反正醒来时它已成为阉牛，再也不像以前那样威风了，哈哈！"

群童哈哈大笑起来。

"走吧！"雄牯说，"大家分路下山，免得使人生疑。下午，在五座屋庄的土地庙见面好了！"

孩子们一哄而散，有的走埤塘窝，有的走出殡路，有的走茶园小路下山去了。

寒露时节的正午阳光，照在那头醉醒过来的大水牛身上。它蹒跚地站了起来，摇摇摆摆地走了一段路，然后停下来，回转着头向后下方瞧。它两脚不断地抖动着,又跟跟跄舱地朝着山谷走下去,走到山涧里,它猛喝了一阵涧水,然后在涧边吃起草来。

公墓对面那边通往纸寮窝的山径上,两个牧童用脱下的衣服装着一包鼓鼓的青心菝和柿子,一个吹着口哨,一个唱着山歌,朝第四公墓走去,两只乌鸦在墓地上"呀呀"地盘旋着。

捉妖记

十月里，田野里的谷粒逐日饱满，稻穗渐次弯垂，闻名的新竹九降狂风*，在一个夜里忽然怒吹起来，次日的太阳就像患了重感冒似的柔软无力，空气也变得微有寒意。在这样的一个日子里，雄牯的堂姊秀圆忽然得了重病。乡里的中医、西医都束手无策。最糟的是，连秀圆患了什么病也验不出来。

起先亲友纷纷前来提供各种秘方，最后就劝他们求神。在各方的怂恿下，雄牯的祖父母决定求神。虽然雄牯的父亲一再建议将秀圆送到城里的大医院去，但在众口纷纭之下，难以改变祖父母的心意。

一天下午，雄牯的祖母从崁下庄的三王爷神坛带回神谕，说秀圆着了魔，她的房间藏有妖怪，必须请三王爷亲来捉妖，秀圆的病才会痊愈。

次日一早，祖父母就着人准备各种牲礼，以备祭祀三王爷。

孩子们看在眼里，简直高兴得不想上学，因为不但有三王爷捉妖的热闹可看，晚餐还可以吃到肉哩。雄牯清楚地记得，中秋

---

*九降狂风：农历九月霜降时节所吹的东北季风。

节以来就一直没有吃过肉了！

那天黄昏，四个年近中年的男人抬着三王爷的武轿来到雄牯家，轿的抬杠上站着一个额系红带、赤膊的年轻乩童。

神轿一到房子前面，乩童跳了下来，那四个人立刻抬着神轿在房子前面的院子来回地冲刺着，就像一匹失去控制的牛一般，旁观的人都闪避到檐下去，乡人深信这正是三王爷在显神威。据说这是三王爷以法力驱使抬轿的人如此这般冲撞，而这些抬轿者完全是身不由己。

"爸！三王爷显威是真的吗？"雄牯略仰头问站在他旁边的父亲。

"我很怀疑！"做父亲的双眼随着神轿转动，回答说，"不过我没有试过，也不敢肯定。"

那神轿冲来冲去速度渐缓。显然，抬轿的人累了，满头大汗不止。

"谁去把前面的人换下来？"突然，一个站在厅檐廊下的光头老人说。

立刻有两个年轻人上场，换下前面的轿夫，神轿立刻又开始加速地冲刺起来。

"谁去把后面的人换下来？"过了一会儿光头老人又说，同时他左右地看着旁观的人。

雄牯的父亲一个箭步跳到场子中央，一个年轻人也跟了上去，他们一起把后面的轿夫换下来。

神轿立刻又开始冲跑着。正当神轿很快地冲近场子中央时，雄牯的父亲突然煞住身子，同时施了一个小马步，神轿立刻停止。前面的人拼命向前拉，雄牯的父亲就是不动，于是神轿以雄牯的父亲为中心，在场子中央打转着。转了几圈之后，雄牯的父亲倏然放松，神轿因而向前跳将起来，前面的轿夫几乎扑倒。

神轿恢复冲刺不久，雄牯的父亲又重施故伎，神轿又打起转来。

檐廊下那个老人看到这种情形，眼中暴出了愤怒的眼色，然后弯身向他旁边的一个中年人耳语了几句，那个中年人点了一下头，立刻跑到神轿后头抢着把雄牯的父亲换下来。

"爸！怎么样？"雄牯迫不及待地问仍在喘着气的父亲。

"假的！"雄牯的父亲一面喘着气一面笑着说，"什么三王爷显威，其实都是抬轿的人搞的鬼。"

"爸！你看檐廊下的光头老人，他刚才一直怒目瞪着你。"雄牯说。

"没关系！"雄牯的父亲仍喘着气笑说，"那是三王爷神坛的神棍，他当然要生气了。"

"为什么？"雄牯不解地问。

"他是靠三王爷的神威吃饭。"雄牯的父亲笑着说，"如果王爷的神威被揭穿了，他不是要打破饭碗吗？"

"原来如此！"雄牯眉开眼笑地说。

"为什么以前没有人敢试试三王爷的神威是真是假？"雄牯忽又想起来问父亲。

"神棍们串通起来把它渲染得神龙活现，又故意弄得神秘兮兮，使乡人又相信又害怕。"雄牯的父亲说，"这样，谁也没有胆量去怀疑。"

"对于一个人人皆已深信的事，没有人会去怀疑的，所以迷信才会几百年、几千年地流传下来，而大家还是深信不疑。"雄牯的父亲叹了一口气又说。

"爸！你又怎么敢去试神威呢？"雄牯好奇地问。

"在二次大战时,我看着我的大部分战友在一个晚上都死去。不管信不信什么三王爷或二王爷,"雄牯的父亲语气深重地说,"那时我就想,即使有神,他们也不管人间恩怨,因此我相信,如真有三王爷,也不会像一个小气的凡人一样来计较我的想法,不然他不是跟那神棍一样渺小吗?"

雄牯并不完全懂得他父亲的话。

这时,三王爷的神轿突然在门前三退三进后冲入了正厅,雄牯也立刻跑进正厅去看热闹。

光头老人把三王爷的神像请上了神桌,桌上立刻摆上牲礼,点起蜡烛,燃上了香。

香燃尽后,接着烧冥纸,又放了鞭炮,然后是一顿丰富的晚餐招待神坛的人。

吃过晚饭休息了一阵子后,乩童脱去上衣,在额上及腰上各系上红带,双手合持一炷香在胸前,头低眼闭地立在三王爷神像前,等待三王爷附身。光头老人在一旁敲着铃喃喃地念着经咒。一会儿那乩童突然全身开始发抖,头也不断地摇动,嘴里发出嘶嘶的怪声,那老人的经咒也越念越快。倏然乩童整个人跳动着,头也摇得更加厉害,霍然,他拔下供在案上的剑,挥了几下,就朝自己背上砍去。但每砍一下,背上只留下一道微红的痕迹,有几处渗出几点血滴而已。

这时雄牯忽然灵机一动,跑到秀圆房间外面的走道上,利用走道旁一个可以移动的木梯,爬上了秀圆房间的板楼,这板楼只是随便利用横木铺上几块木板,用来存放一些不常用的农具。雄牯从木板的缝隙可以看到房间里的一切。

正厅里的念经声骤然停止,乩童继续呼呼地跳着。

"所有的人,都从病人的房间让开!三王爷到了,王爷的使者要持咒镇房，使妖怪现原形。"光头老人大声地说，"避开一点，免得妖怪附身！"

原先待在秀圆房里的几个妇人，立刻退到其他房间去。

光头老人又手提着一个有柄、有盖的小红竹箩，左手持着一道符咒，口中念念有词地走到秀圆的房门口，将一张黄底写红字的符咒往房门上一贴，又从跟在身后的中年人手中的碗里含了一口水，对着房门用力一喷，然后又大声地念着咒单独走入房间里，同时顺手把房门关上。

只听老人在房里大声念着咒，不久就有檀木的香气自房间飘出，这时群立在房门外的几个中年人立即一起大声地念着声调怪异的咒文。

良久，老人才走出房门，接着乩童立刻持着宝剑呼喝着冲进了秀圆的房间，光头老人立刻又将房门关上。只听到乩童在房间里虎虎生风地挥剑砍来砍去，口中不断地叱喝着。一阵子之后，乩童从房间跳着出来，右手持着剑，剑尖对准他自己的左手掌，但见掌中是一只硕大无比的蟾蜍，正鼓着气。

乩童跳回正厅里，光头老人立刻从神案上取下一个小网将蟾蜍罩住。

乩童突然双手拍着神桌，口中呼噜噜地讲着没有人懂的话，那光头老人立刻持毛笔把乩童讲的话记下。

乩童讲完了突然伏在桌上，老人又立刻从神案上取下一碗水，含了一口，对着乩童的背一喷，乩童随即清醒过来。

"三王爷的神谕说，"老人拿着刚才他记下的纸说，"秀圆房里的妖怪是一对千年蟾蜍精。"

众人的眼光都集中在那只被网罩住的大蟾蜍身上。

"今夜只有公蟾蜍在房里，所以只抓住公的。"老人继续念

老蟾蜍

着,"母蟾蜍外出未归,要到明日才会回来。但三王爷已经留下符咒,待其回来之后它就再也走不了了。"

"明夜此时,"老人大声说,"三王爷将再来捉拿母蟾蜍精。"

老人说完即开始收拾东西,旁观的人立刻围在神桌边,观看那只他们从未见过的如此巨大的蟾蜍。

"你这可恶的妖怪,"突然雄牯父亲用食指戳了一下大蟾蜍的背,一面骂说,"害人不浅!"

"嘿,别把蟾蜍弄死了,"光头老人得意地说,"三王爷要把它带回天上去囚起来。"

"明天仍然准备同样的牲礼,"光头老人对雄牯的祖父母说,"三王爷很满意你们今天准备的东西。"

祖母高兴地笑了起来,塞了一个红包给光头老人,同时嘴里说:"谢谢!谢谢!各位辛苦了。"

光头老人用手摸了一下厚厚的红包,满是皱纹的脸笑得像一朵凋谢中的蔷薇。

三王爷神坛的人走了,雄牯的家人又高兴又害怕,在大厅上谈论着鬼怪。小孩子们这时都被赶上床了,但在床上他们也说个不停。倒是一向多话的雄牯今晚却很少开口,只偶尔嗯了几声。

第二天早晨上学的时候,雄牯逃学了,他逃到头前溪上游去找养鸭阿郎。

"嘿!雄牯,你又逃学了。"阿郎显然很高兴看到雄牯,但又装出生气的语气。

"阿郎!"雄牯上气不接下气地说,"我昨晚无意间窥到三王爷捉妖的秘密,我不知道该怎么办,所以赶来问你。"

接着雄牯就把他躲在板楼上所看到的经过说出来。

"……那光头老人进入秀圆姊的房间后,一面大声念咒,一面却东张西望,看看窗口又看看房门,从他提进房间的小红竹箩里取出一个黑布袋,往衣柜下藏。然后又拿出几叠冥纸和几块檀香木,放在房间中央点燃!"雄牯详细地述说,"那光头老人出去后,乩童立刻持着剑进来,在房里装模作样砍来砍去,眼睛却也东张西望。忽然他从衣柜下拿起光头老人留下的黑袋子,从袋子里掏出一只好大的蟾蜍。"

接着,雄牯又把三王爷今夜要再去捉妖之事告诉阿郎。

"我不知道该怎么办,所以赶来问你。"雄牯说。

"那神棍又来骗吃骗钱,上次在隘口才害死了一个妇人,现在又来了。"阿郎说。

"你看清楚那个袋子是什么样子吗?"阿郎沉思了一会儿后问。

"看得很清楚,"雄牯说,"就像我的便当盒套子一般,大小也差不多。不过它是新的,因为布有点发亮,袋口的带子也很白。"

"好!"阿郎说,"你现在还是去上学,放学时你单独来这里,我要告诉你怎么办。"

"好!"雄牯一转身就跑了。

那天雄牯根本无心上课,挨了板子,又被罚站一小时。

放学后,雄牯飞跑着赶到头前溪。

"雄牯,你看到的黑袋子跟我这个袋子一个样吗?"阿郎手里拿着一个黑布做的小袋子给雄牯看。

"就是这个样子。"雄牯说。

"很好!"阿郎说,"我告诉你今晚怎么行动。"

阿郎就详详细细地把他的计划告诉雄牯,直听得雄牯笑个不停。

阿郎说完后,雄牪就把阿郎给他的袋子小心地放入书包里,然后飞快地跑回家去。

雄牪回到家时,三王爷神坛的人也都来了,一切的手续如昨夜。

好久好久,光头老人终于又念着咒进入秀圆的房间,装模作样像昨夜一般,然后又把黑袋子往衣柜下一放,这才走出房间。

雄牪立即从床下爬出,用阿郎给他的袋子换下光头老人留置的袋子,才又钻回床底去。

一会儿乩童挥剑冲进房间,他砍着,叱喝着,东张西望了一会儿,便从衣柜下拿出黑袋子。忽然乩童惨叫一声倒了下去,光头老人立刻跑进房间。他伸手去拉乩童,却忽然感到手上一阵刺痛。他定神一看,一条毒蛇正盘在地上,离他的手掌不到三寸。他大叫一声:"蛇!"人也往后倒坐下去。突如其来的变故使得两人都被蛇咬了一口,也都吓昏过去。

几个中年人进入房间,乱棒把毒蛇打死。那是一条龟壳花,虽不会使人致命,但却会使受噬者肿痛腐烂,非得一两个月不会痊愈。

雄牪趁乱溜出房间往屋后去,突然雄牪的父亲唤住他。

"雄牪!"父亲轻声说,"袋子里的东西借我看一下好吗?"

雄牪吓了一跳,暗叫一声:"不妙!"但他看见父亲毫无生气的样子,就把袋子交给他。

雄牪的父亲打开袋子,从中取出一只大蟾蜍。他仔细看了一会,突然脸露笑容。

"雄牪,过来!"父亲笑着说,"你看这只大蟾蜍,就是昨晚那一只,你看得出来吗?"

雄牯看了一会儿，摇摇头说："看不出来。"

"昨晚我用手去戳它之前，我的食指上先沾满了红色印泥。戳它时，印泥就留在那蟾蜍身上。"雄牯的父亲有点得意地笑着说，"你看看这只蟾蜍背上的红印泥吧！"

雄牯仔细看，果然蟾蜍的背上有一个近圆形的红斑。

"我知道这群人专门愚弄乡人，"雄牯的父亲说，"而且我也不信他们真能找到两只这样难得一见的大蟾蜍，必定会取昨夜的同一只来冒充，所以我就做了一点手脚来证明自己的想法。"

"那龟壳花是谁给你的？"父亲突然问。

"……"雄牯不知该怎么回答。

"我只是想知道谁这么聪明，想出这么高明的主意。"父亲解释着说。

"爸！我答应那人绝不说出他的名字。"雄牯面有难色地说。

"嗯！"雄牯的父亲微有不快，但随即又高兴地说，"好孩子！"然后就走了开去。

三王爷神坛一行人回到崁下庄的住宅时，突然发现神坛大门上贴着一张白纸，纸上用红色的鲜血写着：

若再借吾名以愚人，

必取尔等性命！

——三王爷

一行人看了直怕得发抖，而那边大榕树的阴暗处，养鸭阿郎正默默地笑着。

秀圆终于送到城里的大医院去救治，不久痊愈回来。但乡里的人却始终相信，她是三王爷救回来的。

三王爷神坛从此关了门，光头老人也真正出家去了。

荒河寒夜

　　北风怒吹，冷如刀割，灰白的田野空荡荡的，没有农人，也没有水牛，正是俗云"打狗也不出门"的寒流天。这样的日子，若不是还有新年可以盼望，雄牯简直要诅咒老天爷了。

　　闷缩了几天，正在雄牯无聊至极时，住头前溪边的童伴阿龙冒着寒天来找他和老鼠湘。

　　阿龙的大鼻子红红的，鼻涕流个不停，破外套的两只袖子因擦鼻涕而擦得乌亮亮的。

　　"雄牯！"阿龙兴奋地高声说，"昨天头前溪飞来好多好多的水鸭子！"

　　"真的？"雄牯惊奇地说，然后他忽然想到什么东西似的东张西望了一回，把右食指放在唇前一比，"嘘！小声一点，不要让那些跟屁虫听见了。"

　　"老鼠湘！"雄牯小声说，"我们去看水鸭子！"

　　"要不要带狗去？"老鼠湘问，"说不定可以追到几只水鸭子，像去年在大圳一样。"

　　"不是那种土黄色的水鸭子，"阿龙插嘴说，"是那种很会飞，褐色，翼上有一块绿色的水鸭子！"

"那是野鸭。"雄牯说,"不要带狗了,这种野鸭,狗追不着的。"

雄牯穿上一件用他父亲的旧衣拆开再缝制的外套,老鼠湘也披上了他哥哥的外衣,三人一起从侧门溜了出去。

为了御寒,三个孩子一路跑着步。

雄牯和老鼠湘许久没有来头前溪了。现在溪水浅了,两边露出灰白的乱石,河床上的芒草枯干灰黄,满眼尽是萧条一片,与那水满草绿的夏日相比,真有天壤之别。

雄牯和老鼠湘怔怔地看着黯淡的河景,简直认不出这里就是他们消磨了整个暑假的头前溪。

雄牯看着,心中感到有点难过。他真担心到了明年暑假,眼前的头前溪恢复不了往常的夏日盛景。

"我们从草里接近河边。"阿龙说,"否则会惊飞那些野鸭子。"

他们低着身子从芒草丛中穿过河床,可是他们刚接近,野鸭子还是惊飞起来。

"走!"雄牯说,"我们往上游去。"

三个孩子沿着水边走,又惊起了几只在河上觅食的野鸭。

"到鬼嬷潭去!"阿龙说,"那里水面宽广,野鸭子一定很多。"

他们继续朝上游去,当他们潜行近鬼嬷潭时,发现有成百成千的野鸭子在沙滩上觅食。

"奇怪!哪来的谷粒?"雄牯细声说,"好像有人来喂鸭子。"

正说着,又有一群野鸭子飞落沙滩。

目视着野鸭飞落,雄牯忽然瞥见有一个男人从上游走下来,

芒草地

手里提着一个竹篮子往沙滩走去,立刻所有的野鸭都飞了起来,煞是壮观。

那人从篮里取出谷子撒在沙滩上。

雄牯终于明白了,忽然又觉得此人的身形好熟。

"是养鸭阿郎!"雄牯冲口而出。

"阿郎!"雄牯站了起来大叫一声。

"雄牯!哦,老鼠湘,还有阿龙也来了。"阿郎有点吃惊地说,脸上挂着高兴的笑容。

"阿郎!这些野鸭子是你养的吗?"雄牯朝阿郎跑过去,同时问他。

"是我养的就不叫野鸭了。"阿郎笑着说,"这些野鸭是昨天从很远的北方飞来这里过冬的,它们经过好几日夜的飞行才到这里,一定很饿了,我就撒一点米谷给他们吃。"阿郎道。

"它们为什么不夏天来?"雄牯奇怪地问,"这里的夏天远比冬天好玩呀!"

"对野鸭来说,这里的夏天太热了,只有像现在这样冷的天,他们才觉得舒服。"阿郎回答说。

"那他们为什么不留在北方呢?"雄牯又问:"那里不是比这里更冷吗?"

"北方现在正是冰天雪地,对野鸭来说又太冷了一点,而且在冰天雪地里也找不到食物呀!"阿郎道。

"你到过北方吗,阿郎?"老鼠湘突地开口。

"我到过!"阿郎回答,再看了一眼老鼠湘又笑着说,"在北方的冬天,大地都是覆着白皓皓的雪,所有的水都变成冰,你刚拉完小便,小便就在地上变成冰了!"

"世界上真有到处冰棒的地方,我长大了一定要去那里!"

老鼠湘咽着口水说。

"你吃冰棒,说不定会吃到尿哩!嘻嘻!"雄牯笑着说。

大家都随着笑了起来。

"我们这里的冬天没有冰,但是有肥蟹!"阿郎说,"来吧!我昨夜在路上捡到几只螃蟹,我们去煮来吃。"

"从路上捡的?"雄牯惊奇地问,"不是从河里抓的?"

"是啊!每年这一段寒流来的晚上,就是螃蟹逆水而上到处找地点产卵的时候。"阿郎说,"他们到处爬,不但爬过马路、田野,去年还有几只爬到我的小屋里,其中一只还出现在我的床上。"

"这是真的!"阿龙加重语气说,"去年我父亲和叔叔在一个晚上就抓了好几百只螃蟹。"

"你也跟着去抓吗?"雄牯问。

"太冷了,我父亲不让我跟去。"阿龙说。

"雄牯!你如果想看螃蟹进军,"阿郎说,"你今晚来就可以看到。过了这一阵寒流,以后就逐渐减少了!"

"如果在白天就好了。"雄牯说,"我母亲不会准我在这样冷的晚上出门。"

阿郎笑着,嘴唇动了一下,想说什么又没说出来。他转身领着三个孩子向上游走去,几分钟后就到了阿郎筑在河崖上的小屋。

"你养的鸭子到哪里去了?"老鼠湘想起以前这小屋下面到处是跑来跑去的鸭子。

"放到河那边的空稻田里去捡食落谷,傍晚才把他们赶回来。"阿郎说着,提出一个水桶,里面有七只大螃蟹,举着双螯,爬来爬去。

"我们再去多抓几只来当中餐,大家吃个饱。"阿郎说。

"好哇!"老鼠湘叫了起来。

"走!"阿郎提着水桶,领着三个孩子走下河岸去。

在河边,每人采了一根正抽穗的狼尾草茎。把前端的软穗去掉,又把下端的小花穗剥去。如此,就像一支小的瓶刷子一般。

在溪水浅处的大石下,他们把狼尾草茎伸进石底下抽动着,一会儿,螃蟹就会追逐那似毛毛虫的狼尾草。待把螃蟹引出石外,便立即用手掌把它压住。但此时必须胆大心细手快,才不会被它的螯夹住,或者被它逃脱。

不一会儿,他们就抓到十几只大螃蟹,当然大部分是阿郎抓的。

"够了!"阿郎说着,把一只螃蟹掷入水桶里。

"冷死了。"阿郎提起水桶说,"赶快回到屋里烤火吧!"

阿郎煮了蛋,大家蘸着酱油剥食着。

"阿郎!大家都有家人,你为什么没有家人?"雄牯看着阿郎那几乎没有家具的小屋忽有所感地说。

"好吧!既然你问起来,我就讲个故事给你们听吧!"阿郎放下手中的红蟹说。

"哇!好。"老鼠湘一面咬着蟹一面说,"又有故事可以听了,我最喜欢听阿郎讲的故事,比我们老师讲的什么狼呀、狐呀的故事还好听!"

"九芎林乡的五龙庄,是因为有五座长形如龙的山而得名。长久以来,人们就传说五龙庄将出现五个人……"阿郎悠悠地说起故事,"现在乡人认为此五龙郎是邹家五子。但在我认为,除了去唐山念军校的老大邹洪外,其他四子尚称不上能人,虽然其中之一的邹涤之,甚至是现任的新竹县长……"阿郎说着,突然止住,伸手在他自制的土炉子上添了一些他自制的炭。

"一九三九年,抗日战争正炽烈的时候,在五龙山里住着一对中年夫妇和一个十六岁的儿子。他们一家人因涉嫌反抗日本殖民统治,在一个夜里突遭日本警察逮捕,那儿子适巧送信到新埔去了而得以脱逃。后来这对夫妇先后死于狱中,而其独子冒险偷渡到唐山去,到了中国战时的临时首都——重庆,他在那里念书,后来投笔从戎。就在那时,他找到了邹家的老大——邹洪,当时邹洪正任上校团长,他追随邹洪转战各地。抗战胜利后,政府正欲派邹洪出任台湾省省长,可是天不假年,邹洪突然得了急病逝世。"阿郎说到这里,声音变得轻而悲伤,"邹洪亡故之后,那个年轻人就在唐山各地流浪,一直到共产党解放大陆,他才回到五龙庄。可是他发现,不但找不到父母亲的坟,连他原有的家也倒了,田地被人占了,乡人更不认得他。从此,他觉得未必要有一个家来拘束他,他从此养鸭,到处为家……"

"那个人就是你,对吗?"雄牯问。

阿郎只笑了一笑,没有回答。

"我以后要像你一样!"雄牯以坚定的语气说,"没有家,我爱怎么样就怎么样!"

"傻孩子!"阿郎笑着说,"千万不要学我,那是很寂寞的,有时整个冬天我都不曾说到三句话哩!"

"冬天里你都做什么?"阿龙突然问。

"早晚赶鸭子,其他的时间就看看书,天气好时就到野外游荡,像看野鸭、看螃蟹、听画眉……"

"阿郎!我好想看成群的螃蟹在岸上跑来跑去的情景。"雄牯突然接口说。

"算了吧!"阿郎说,"晚上太冷了,等你长大一点再看也不迟。"

那天下午他们看累了野鸭后，阿郎就带领三个孩子到翻犁过的田里焖地瓜，这是孩子们最喜欢的了。

"焖地瓜呀！"在路上老鼠湘说，"想起来就使我肚子饿。"

他们在溪水的浅处涉过河，来到一块翻犁过的稻田上。

"雄牯，阿龙！"阿郎说，"你们找木柴，老鼠湘帮我搬土块，我来砌窑。"

于是大家分头进行，不一会儿，干柴就积了一堆，二尺高的土窑也砌好了。阿郎在窑内烧火，四个人围着土窑烤着火，烧着火，一直到土窑红热起来，这才把地瓜投入窑里，阿郎立刻用木棍把土窑捣垮，地瓜就被埋在红热的土块里，他们又用了一些细土覆盖，使热气不致外溢。

"跑窑鬼哟！"在一切弄妥之后，阿郎突然大喊一声。

四个人立刻朝头前溪的对岸逃去。

跑窑鬼是每次焖地瓜必有的节目，是大人用来吓唬小孩子不要逗留在土窑附近，免得忍耐不住在地瓜未焖熟时就挖开来。

下午，他们回来挖开土窑，地瓜又热又香。吃过之后，三个孩子鼓着肚子，依依不舍地告别了阿郎。

"我一定要来看一次螃蟹结群移动的，"在归路上，雄牯说，"那情景让我想起来都觉得手痒心痒。"

"那为什么不今晚就溜出来看？"老鼠湘问。

"我不敢肯定能溜得出来，"雄牯说，"不过我们准备就是了，只要有机会我们就溜。"

冬日下午五点多天就黑了下来，七点多一点，大家就上床了。雄牯和老鼠湘悄悄溜出后门,手里提着一台小蓄电池改装的手提灯。

天寒地冻,夜黑风高,摇曳的竹枝互相摩擦着,发出吟哦的声音,好像妇人声声的哀号。

他们一路快跑着,二十分钟就到了鬼嬷潭。

"咦!河里有一盏灯!"雄牯说。

"是不是鬼火?"老鼠湘有点害怕地问。

"不是!"雄牯说,"鬼火是绿色的!"

"是雄牯吗?"突然风中传来男人的声音。

"是阿郎!"雄牯轻声说。

"阿郎!是我们。"雄牯大声说。

"我就料到你们会来!"阿郎哈哈笑着从黑暗中走过来说,"所以我在河边点了一盏油灯。"

那是一盏有玻璃罩的煤油灯。

"螃蟹出现了吗?"老鼠湘问。

阿郎朝着那盏灯走去,忽然走在后面的老鼠湘惊叫一声,雄牯用手提灯照了过去,正好看见一只大螃蟹用螯钳住了老鼠湘的脚趾。

老鼠湘一面叫着一面用手去扯,可是蟹螯就是不放开,老鼠湘痛得掉下了眼泪。

"不要动!"阿郎大声说,"不要扯它,越扯它钳得越重越紧。"

老鼠湘一面"唉唉"地叫着,一面松开手。果然,一会儿那螃蟹就松开了一点点,阿郎立刻一脚把螃蟹踢开。

老鼠湘一只手摸着脚趾,另一只手还想去抓那螃蟹。倒是雄牯手快,一下子就压住了螃蟹。

"别急，雄牯！"阿郎说，"等你看过成群螃蟹之后，你要多少都抓得到。"

雄牯半信半疑地放开手。

"走！就到了。"阿郎说着又往前走。

现在雄牯把灯照在地上，发现在灯下到处都反射着一对对红色的光点。这些是螃蟹眼底的反光，雄牯兴奋地把灯照来照去。

到了水边，雄牯才发现那盏灯竟然是放在河中的大石上。

阿郎拿起雄牯的手提灯，对着河向横越河水的一排竹栅栏照去，但见栅栏上爬着满满的大螃蟹。

"啧！啧！"雄牯感到头皮发麻，全身起了鸡皮疙瘩，那上面少说也有几百只螃蟹正在翻越栅栏。

"水边，岸上，到处都是螃蟹横行。"阿郎把灯照来照去地说。

"真是奇妙啊！"雄牯赞叹着说，"平常要抓一只也要费一番手脚，但是现在，它们却成群跑到岸上来任人抓！"

"天气很冷，你们也不要抓了，我已经扎好一束螃蟹，你们带回去。"阿郎说着，走到那盏灯旁，从石上提起一长串的螃蟹。

"呀！好棒。"老鼠湘叫着说。

这时寒风中突然遥遥传来紧密的奇异锣声。

"听，是锣声！"老鼠湘侧耳听着说。

"是送煞的！"阿郎说。

"是不是驱鬼？"雄牯问。

"正是驱鬼的。"阿郎说，"你们运气不错，走，我们去看，这是一场不错的迷信戏。"

"阿郎！这是送煞呀！我们躲都来不及，为什么还要去看？

我祖父母他们一听到锣声都立即关窗闭门哩！"老鼠湘颤声地说。

"送煞的也是人呀！怕什么！"阿郎说，"关窗闭户，这些都是送煞的那些人唬唬别人罢了，来，我们到新渡船潭去看热闹。"

老鼠湘犹豫着。

"走呀！老鼠湘，阿郎何时骗过我们？"雄牯说，"我们又怕过什么来着？"

两个孩子随阿郎沿着河边的小径到达新渡船潭。

"待会儿无论怎么样你们都不要出声，也不要露面。"阿郎说，"只管静静地听和看，有机会我要戏弄戏弄他们。"

"好！"雄牯说，"你是不是又要装鬼吓他们？"

"说不定。"阿郎说，"他们来了，我们快躲入芒草中。"

锣声越来越近，紧密的锣声中混有男人叱喝的声音。不久出现了两把火，火光中依稀可辨有五个人，他们朝着新渡船潭直奔而来。

不一会儿，火光就接近河边了。雄牯从芒草中看过去，但见一个五十多岁的短发老人紧敲着一面铜锣，一个四十几岁留平头的男人提着一个红色小竹箩，手里拿着一把火炬，另外三个中年人各拿着一支扫把，其中一个也举了一把火。三个人在前面一边向前奔跑，一边用扫把朝前挥打着，口中大声地"呀！嗬！"叫着，好像在驱赶着什么东西。

在这寒夜荒河边，看这奇怪的送煞队伍，真令人毛骨悚然。

"好了，好了，停下来，停下来。"那个打锣的老人突然止步，也止住了锣声，喘着气说，"我累死了。"

"阿金伯！今晚的点心丰富不丰富？红包大不大？"一个拿

着扫把的男人问。

"包你满意。"那个阿金伯笑着回答,"我向那病家说,天气这么冷,如果点心不丰、红包不大,只怕难以将鬼煞送走。"

"阿金伯,"另一个男的说,"下次捡温暖一点的日子好吗?这种钱虽然好赚,可是在这样夜黑风寒的晚上,我都有点害怕哩!"

"怕什么?阿成仔!"阿金伯说,"我虽然送煞送了一辈子,就是不信有什么煞,只有傻瓜才信这些。两帖药还不见好转的病,就以为被鬼被煞作弄,真是迷信得树石都成了神!"

"他们越迷信,我们就越有活干,钱就越多。"留平头的男人把竹箩放在身旁说,"我们把这送煞的仪式弄得越恐怖,他们就越相信。"

"好啦!阿土叔,赶快把冥纸拿出来烧,烧完就可以回去睡觉!"那个一手拿火把、一手拿扫把的人说。

"还烧什么冥纸,"另一个手拿扫把的男人说,"把冥纸往河里一扔不就结了?难道你还相信冥纸这种事?"

"我大头阿平才不信这一套。"那自称大头阿平的说,"只是演一幕戏就要像那一幕,免得被人揭穿,打破了饭碗。"

这时雄牯发现阿郎不知何时已经走开了,他感到害怕起来,但又不敢出声告诉老鼠湘。

"阿土,把冥纸拿出来烧吧!趁这机会取取暖,喝几口米酒,吃吃点心,今天有蛋,还有烤鱿鱼哩。"阿金伯说。

"待我把气喘匀了吧!"阿土叔说,"年纪大了,奔这一段路,已有点吃不消了。"

"咦!我的竹箩子哪里去了?"阿土叔弯腰在地上找来找去说。

"你不是提在手上的吗?"阿金伯问。

"是呀!"阿土叔回答说,"到了这里我就把竹箩随手摆在地上。"

"那就怪了。"大头阿平说着用火把在附近照着。

"会不会刚才爬石堤防时,你放在石堤上了?"阿金伯问。

"不可能!"阿土叔说,"我明明提到这里了。"

"把范围拉大一点找找看,说不定你放远了。"阿金伯说。

于是五个人在附近找了一圈。

"有了,在这里。"突然大头阿平说,同时从草边提起竹箩走到中央。

"阿土叔!我看你真的是老了,离你自己只有三四步远就看不到了。"阿平笑着说。

"……"阿土叔苦笑着接过竹篮把它摆在地上,他右手举着火把,左手把箩盖的一边轻推开一个缝,然后伸手进去拿冥纸。突然他大叫一声,左手迅速地缩回来,可是他的手指上却多了一只黑色的大毛蟹。

竹箩的盖子整个被他急速抽回的手翻开,另一只手上的火把也坠落在地上。

在昏弱的火把下,竹箩里爬出一堆高举着大双螯、吐着泡沫的大螃蟹。

五个人倏然被惊吓呆了,只有北风吹着芒草发出"呼呼!啸啸!"的可怕声响。恐怖在他们中间传来传去,忽然其中一个叫了一声:"鬼煞!"然后丢下扫把就往回路狂跑而去,接着剩下的人也跟着奔逃。阿金伯一回身,铜锣撞到了另一个人手中的火把,"锵!"的一声,火把落地。没有人停下来捡火把,一阵急速的脚步声消失在寒夜的风声里,只留下地上的两根火把,犹在燃烧着……

"来吃鱿鱼和蛋吧！"突然阿郎从火把旁边的芒草丛中走出来，一手拿着一包东西，一手拾起地上的火把笑着说："他们连螃蟹都怕，却敢来送煞！"

"阿郎你跑到哪里去了？"雄牯走出芒草丛说，"我刚才突然发现你跑掉，我都害怕起来了。"

"我只是用螃蟹跟他们换点心而已。"阿郎笑着说，"走吧！我们一面走一面吃，我送你们回去！"

"他们一定被你吓破胆了，"老鼠湘突然开口说，"我们也都吓得趴在地上不敢看下去。"

"那些人大概一辈子再也不敢送煞了，哈哈！"阿郎笑了起来。

"嘻嘻！哈哈！"雄牯和老鼠湘也都快活地笑了起来。

一串的笑声，划破了寒冷的荒河黑夜。

顽童与石虎

　　阴历六月在干旱与酷热中一天一天飞逝，打清明那天下了一场大雨以来，就再也不曾落下一滴雨水。

　　许多水源不丰的小溪干枯了，河床上满布着死蛤，还有一条条的烂鱼。风中飘着阵阵的腐尸味，红头苍蝇乱飞，发出教人头皮发麻的鸣声。

　　每个人都说这是应了老祖先传下来的气象谚语："清明下大雨，埤塘旱死鱼。"

　　羊齿把叶片卷得像九芎林上千愤怒农民的拳头，农人为灌溉水不断握拳相向，到处可以听到破口大骂的争吵声。

　　万物都翘首等待着一场突然倾盆而下的大雨，最好是往年那种迅疾得使妇女来不及收回晾晒的衣物而大叫大嚷的西北雨。

　　六月原是全年中最繁忙的季节——收割、犁田、插秧，全要在这短短的一个月里完成。可是今年的六月，农民闲得只是求神问佛，替孩子抓头虱。早稻已失收，现在土地又干硬得像石头，无法犁地，更不用说插秧了。

　　神棍大肆活动，铺张的祈雨仪式不断地举行着……

　　许多鸟类飞走了，蝴蝶也少见了，山上找不到食物的野兽开

画 线

插 秧

插秧后的田野

始下山进犯村庄，白鼻心、石虎向家畜下手，山鼠、兔子、野猪肆虐菜园，疯狗在各处出没，家犬被拴起来，小孩子被禁止外出。

七月初一，正是俗传开启鬼门关的一天，闷了许久的雄牯（他现在已经十二岁了）和老鼠湘一早就暗暗商量好要去找阿福玩。

两个人借着与几个堂弟堂妹玩捉迷藏的游戏，进行他们蹓出后门的计划。

他们避过大人的注意，摆脱死要跟着屁股跑的小堂弟们，悄悄地出了后门。

后院里拴着一头土黄色的猎犬。这是雄牯的狗，它看见雄牯，立刻摇头摆尾做人立状迎向雄牯，嘴里呼呜地哀叫着。

雄牯拍拍小狗的头，嘴里轻轻说着："阿黄，乖！阿黄，乖！我出去遛遛就回来，乖！"

雄牯走出后院几步，听见小狗哀求般的轻叫，一时心生怜悯，于是回过身来解开阿黄的绳子。

"静！静！阿黄！"雄牯一面解绳子一面轻声说，"我知道你跟我一样闷得快要死了。"

小狗猛摇尾巴，舌头拼命舔着俯身去解绳子的雄牯。

"不过，雄牯！"老鼠湘细声说，"阿公一再说不好把狗放出去，放出去它会变成疯狗。"

"我们用绳子牵着它。"雄牯说，"你看阿黄多可怜。"

两个顽童和一头小狗轻快地穿过一片杂树林，越过一道干溪，再爬上溪岸，立刻看见一大片干得裂开来的稻田。前面不远就是阿福的家。

雄牯不敢直接由大门进去找阿福，因为阿福的爸爸管儿子管得很严。雄牯由屋侧绕到屋后，再从篱笆缝向里面窥望。

天井边正有一个洗着菜篮的村童，他上身赤膊，下身穿着由肥料袋子缝制的内裤。

"阿福！"雄牯轻轻叫了一声，看着阿福似乎没有听见，又加大了一点声音，"阿福！"

阿福停下工作，朝四周看来看去。

"是我，阿福！"雄牯轻轻地说，唯恐声音传入屋里去。

"雄牯，是你！"阿福终于看见在竹篱笆缝上的雄牯。

"嗨！老鼠湘！"阿福兴奋地走近篱笆。

"阿福！你要不要去采野荔仔？"雄牯问。

"好啊！我好久没吃荔仔了。"阿福回答，又咽了一下口水说，"正好我爸到新埔去了。"

"那么快走吧！"雄牯催促着。

阿福从天井旁抓起一件白色的内衣，出了后院的门。

他们从田埂走入小干溪，再沿着干溪往上游走去。

"好久没有出来了。"雄牯说，"野外的一切，都让我觉得爽快。"

他们最喜欢沿着小溪探险了。有时两岸大树遮阴，有时竹林夹岸，有时芒草、毛蕨等或者野姜覆岸生长，每一步路都充满了柳暗花明的野趣。

绳子使小黄走得很不舒服，雄牯见了心生不忍就把它给放了。

三个村童一路愉快地谈着以前遇见的各种蛇类，像青竹丝、过山刀、水龟壳等，然后话题又说到好玩的昆虫，如笋蛄、大角兜虫、黄色大天牛，最后又谈到掏鸟蛋，找野荔仔，采野菇。

他们谈着，眼睛不停地四处搜视着。

不久他们找到一棵结有几粒果实的野菝仔树,也不管果实硬得像石头,三个人连忙把它采下来啃食了。

阿福吃得不过瘾,开始寻找高枝上的果实,最后发现了几个就往树上爬。

"阿福,这种未熟的青菝仔吃多了会屙硬屎。"雄牯对着树上的阿福说。

"总比没有屎屙的好!"阿福两眼盯着高枝说,"留着它,还不是会给埤塘窝的细鬼仔摘掉,不然崁下庄的猴精仔也会来采。"

"就留给他们吧!"雄牯说,"上次我们去鹿寮坑找野杨梅,人家还不是留了许多给我们?何况这青菝仔也没熟,说不定下次我们再来,这些菝仔还在,而且变熟了。"

阿福犹豫了一下,终于爬下树。

老鼠湘吃了两颗青菝仔,嘴里怪不舒服,但他还想吃。不管吃什么,他都会折菝仔树的嫩叶心来吃,虽然有点苦,但也有一点甘。

他们继续朝上游走去,遇见一棵结满籽的茄苳树,他们尝了几粒茄苳籽,但无法忍受那种苦涩,就改食那有点甘甜的茄苳叶。

他们手上拿着几片茄苳叶,一面吃一面继续往上游走去,来到溪旁一棵很大的鸟榕树下。

这株鸟榕枝条众多,覆荫深广,枝条上的气根纠纠结结,大气根在树头盘成奇怪的形状。紧紧靠着树头是三块石头砌成的品字形土地公神位,石上覆着一块红布,石前插着许多燃剩的断香,附近的居民称这棵树为伯公树。

三个孩子爬到伯公树上,采食花生米般大的鸟榕子,这种果

村童的零嘴：鸟榕子（图1、4）与刺莓（图2、3）

实有一点甜味和些微的涩。

吃厌了,他们就坐在枝条上乘凉谈天。现在他们觉得满嘴不舒服,苦苦的,涩涩的,黏黏的……他们想极了冰棒,甜甜的,凉凉的……这是他们公认世界上最好吃的东西了。

"唉!奇怪!卖冰的阿泉伯今年还不曾来过。"雄牯有点感叹也有点失望地说。

"有时我做梦也听见他的铃声,遥遥地在牛车路转弯的那一边响个不停。可是直到我渴醒过来,阿泉伯还不曾转过弯来。"老鼠湘咽了一下口水,摇摇头说:"今年的夏天真是又可爱又可恨,没有做不完的农事,但也没有支仔冰……"

"就是阿泉伯来了,我们也没钱买呀!"阿福说,然后他也咽了一下口水。谈到冰棒,就叫他难过。

"我们有五角银,"老鼠湘神气地说,"四月时,雄牯和我去山上捡竹笋壳,卖给做笠帽的阿赐婶,赚了九角银。我们用两角银买酥糖,一角银买李子,一角银买梅饼,留下五角银就是要等阿泉伯啊!"

"哇!五角银!"阿福吸了一口气说,"那可以买六支清冰啊!"(买五支送一支。)

"你们静一点吧!一天到晚像伯劳嬷一样说个不停,怎能听见阿泉伯的铃声?"雄牯语气不悦地说。

他不满老鼠湘把他们存有五角银的秘密泄露给阿福。

三个人不再开口,高枝上传来白头翁啄食鸟榕子的鸣声。

"阿福!"雄牯突然开口说,"听说草螟仔阿乾病了,你知道吗?"

"知道啊!"阿福答道,"听说栋仔、母猫章也都病了。"

"我想去看看草螟仔。"雄牯突然有点伤感地说,"自从他爸爸死去以后，我就很少见过他了。"

"不过，雄牯！我得在我爸回来以前赶回去，"阿福面有难色地说，"不然我会被我爸打！"

"怕打就不要跟我去。"雄牯不悦地说，"上次草螟仔为了救你，被菜头寮那两个掌牛鬼打得鼻青眼肿，他一个吭咕声都没有！"

"……"阿福无言地低下头去。

"惊死！阿福！"老鼠湘突然说，"打有什么好惊？疼一下子就过去了，最多哭一哭而已，说不定草螟仔的病已经好了，可以带我们去找野东西吃。你可要记得，这一带的山草螟仔最熟了，哪一回我们和他一起上山是空手回来的？"老鼠湘说着，不自觉地咽了咽口水。

"……好吧！"阿福终于被说动了

雄牯正要起身爬下树，突然他看见小溪那边岸上，一头奇怪的大猫从树林中走出来，低头在溪岸上徘徊着。

那是一只雄牯从未见过的猫，身体比一般家猫高且长，灰色的毛皮，上有黑色的圆斑，像极了一只小豹子。

这时鸟榕树下的猎犬阿黄突然看见了那只野兽，一声怒吼便冲了过去。那只野兽立即一溜烟地消失在林里，阿黄跟着也冲进林里。

雄牯滑下树，也朝树林里跑去，阿福和老鼠湘在后面紧追着。

他们在树林里穿来折去，嘴里直叫着："阿黄！阿黄！"可是一点反应也没有，他们又静下来倾听，也没有任何声响。

半个小时过去了，仍然毫无阿黄的踪影。

"阿黄要不是追上山去了，就是回家了！"老鼠湘说，"上

132/ 家在九苳林

石　虎

次我们在打砖窝追兔子,阿黄也是自己回去的。"

"希望他早点回去,不要出事。"雄牯说,"走吧!我们还是快去看看草螟仔。"

他们斜斜穿出树林,走上林外一条通往山脚的小路。他们抵达山脚,又折向另一条山上的小路,一会儿他们来到山腰上一座相当破旧的泥屋,木门敞开着。

"阿乾!阿乾!"雄牯在门外大声叫着,在这里雄牯不敢喊阿乾的绰号,因为阿乾的妈妈会骂人。

一个跟雄牯差不多大的赤膊男孩子走出来。

"雄牯!"草螟仔兴奋地叫了起来,然后他又看到雄牯后面的童伴,他又叫了起来:"阿福!啊!还有老鼠湘,你们这三个不怕疯狗的疯子都来了。"

草螟仔看起来气色很好。

"听说你得了疯狗病啊,草螟仔,你疯了没有?"雄牯开玩笑地说,"我想找你这疯子去打猎,刚才我们在伯公树那里看见一只很像豹子的大猫。"

"我敢肯定是石虎!"草螟仔说,"前几天石虎侵入住在山脚的阿真伯家,叼走了他的大公鸡,又咬死了昌盛伯的狗!"

"哇!这么可怕!"雄牯说,"我的阿黄追着石虎进入树林后,我们就再也找不到它了,现在不知道怎么样了?"雄牯越说越觉得害怕。

"单独一只狗追石虎很危险哪!"草螟仔忧心忡忡地说,"你们赶快回去,要大人去找阿黄,我阿爸以前常说,一只石虎胜过三头猎犬。"

"你什么时候能出门?"雄牯急切地问。

"再过几天!"草螟仔说,"本来我的病已经好了,可是我阿姆说三王爷的乩童告诉她,我这几天冲煞,最好不要出门。"

雄牰告别草螟仔,急急忙忙跑着回家。阿福在牛车路上与雄牰分手。

回到家,雄牰随即将阿黄追石虎之事告诉了祖父。祖父一句话也没说,召了几个男人,带了三只狗出去。

晌午时分,雄牰的祖父回来了,带着受了伤的阿黄。阿黄的前脚被石虎咬伤,左胸侧被石虎的利爪抓伤。

"阿黄的前脚可能会跛掉。"祖父严肃地对雄牰说,"我知道你在家里闷得难过,但你必须忍耐。我现在不能同情你了,你看,你同情阿黄,结果是害了它。"

雄牰低着头默默地听着。祖父谅解他偷溜出去的心情,没有处罚他,雄牰心中充满着感激与懊悔。

八天过后的一个早上,雄牰的祖父突然发觉阿黄情况不对,双眼直视,口水直流。

"雄牰,老鼠湘,"老祖父问道,"你们可曾遇见过别的狗?阿黄有没有跟别的狗打架?"

"没有啊,阿公!"雄牰回答说,"阿黄一直跟在我们身边。"

老祖父听了双眉深锁,面有忧色,他把全家人找来。

他沉重地说:"阿黄可能会成为疯狗,你们不要靠近它。我要把它绑在柴房里!"

全家立刻罩上一层恐惧,雄牰担心地直在柴房外徘徊。

次晨,雄牰一醒过来立刻奔向柴房,可是他发觉阿黄已不在那里。他想去问祖父,正好看见祖父、二伯父以及长工忠牰从外面回来。

"雄牰!阿黄真的染上疯狗病了。"老祖父难过地说,"我们不得不杀死他。"

一阵难过袭上雄牯的心,他的眼泪随着夺眶而出。阿黄是他一手带大的狗,无论雄牯走到哪里,阿黄总是跟到哪里。

"属于我的东西,只有这一只狗。阿黄死了,我什么都没有了。"雄牯一个人坐在后院的井边,双手支着下巴,淌着泪想他的狗。

"我现在吹口哨,再也没有狗会冲上来和我亲热了。"他难过地想着。

阿黄的死,使整个九芎林的人陷入恐惧中,因为现在证明那头石虎染有狂犬病。

一头嗜杀又染有狂犬病的石虎,比一百只疯狗还要危险。现在凡是被这头石虎咬伤的哺乳动物,肯定会染上狂犬病,就是被他的利爪抓伤也可能会感染。因为石虎最喜欢舔舐它的爪,这样就把唾液中的病毒附在爪上,然后再由爪子传到它所抓伤的动物伤口上。

现在每一家都把大门关上,妇女、孩子、家畜都被禁止到院门外,不易关禁的猫儿都被处死,家畜只要有不明的爪伤或咬伤,立即被隔离,有的立刻被处死焚毁。九芎林陷入杯弓蛇影、一日数惊的状态中。

雄牯的祖父联络了许多九芎林的壮丁,组成石虎、野狗肃清队,进行清乡。

往日为水而争打的冤家,在狂犬病巨大的阴影下成为守望相助的好邻居。这种团结一致的情形,只有在当初开发九芎林而与生番相搏时才有过。

借着祈雨来敛财的神棍,也因不胜恐惧而销声匿迹。

土狗好友

半个月过去了，石虎仍时时在夜里出没。一天晚上雄牯被尿胀醒了，他突然听见后院有奇怪的一声响声。他走到饭堂，从饭堂的石板窗朝后院看去，正好看到一道黑影在朦胧的月光下从鸡舍顶跳上柴房，再从柴房跳上屋旁的一棵柚子树，然后就消失了。

雄牯立刻喊醒他的父亲。不一会儿，全家的男人都起来了，火把也点亮了。经过详细的巡察，发现鸡舍的屋顶被挖开了，一只预备留来七月十五普渡用的大阉鸡，被石虎叼走了。

次晨一早，草螟仔来找雄牯。

"雄牯！我想找你一起……"兴奋的草螟仔劈头就说，可是他突然看见雄牯对他猛眨着眼，立刻把说到一半的话咽回去。他这时才发现雄牯的堂弟、堂妹正围着听他讲话，草螟仔立刻机警地改口说："我想找你一起读书……"

"我正好有几个字不懂，来！到我阿公房间去，我阿公出去了！"雄牯接口说，"你们这些跟屎吃的细鬼仔，不准来打扰我们读书！"

"什么事？草螟仔！"在祖父的房间里，雄牯细声问。

"我们一起去捕石虎！"草螟仔兴奋地说。

"大人都没有办法了！"雄牯怀疑地说，"我们有什么办法？"

"我有办法。"草螟仔回答，显得信心十足。

"真的？有什么办法！"雄牯问。

"以前我曾听我爸说，动物在疯狗病发作以后会觉得十分口渴，于是想去喝水。"草螟仔说，"可是当它走到水边看到水时，它又会害怕而后退，所以疯狗病又叫恐水病。"

"它怕水干吗？"雄牯不解地问，"渴了就要喝水呀！"

"我爸说，它一喝水喉咙就痛得要死，所以到了后来它一看到水就怕了。这时它又渴又怕水，就会常在水边徘徊。"草螟仔回答。

"徘徊又怎样？"雄牯茫然地问。

"我们就用网对付它。"草螟仔说。

"可是石虎现在很危险，被它弄到一点伤，可能就会死翘翘！"雄牯说。

"我知道——"草螟仔说，"用网就没有问题，所以我要借你家的渔网做陷阱，这方法我爸以前教过我。不过我需要你的帮忙，我力气不够。"

"好！"雄牯想了一下说，"让我们办一点事给大人看。阿黄死了以后，我觉得自己有点像大人，没有什么好让我在乎的了。"

雄牯早就把他祖父的话忘掉了。

"你几时可以把渔网送到伯公树来？"草螟仔问。

"今天下午，大人睡午觉时。"雄牯说。

"好！我在伯公树下等你。"草螟仔说完就走了。

炎炎的夏日午后，人们都沉睡在梦乡里。雄牯和老鼠湘偷偷扛着麻制的渔网蹓出后门。

田野寂静而憔悴，仿佛也在沉睡，两个顽童奔跑着来到伯公树下，草螟仔和一位叫土狗仔的童伴已等在那里。

"雄牯啊，我们等好久了。"土狗仔迎了上去。

"没办法。"雄牯喘着气说，"我们等大人入睡等得难过死了。"

"绳子已经绑好了，你看！"草螟仔指着一条绑在小溪那边一棵九芎树树尾上的麻绳说。

"是我爬上去绑的！"土狗仔颇为得意地说。

"来，现在来张网！"草螟仔说。

四个孩子把渔网张开在九芎树这边，靠着小溪积水的岸边，他们合力把绑在九芎树上的绳子拉紧，直把九芎树拉得弯腰驼背。然后把绳头系在一个草螟仔做的机关卡榫上。只要任何动物经过网上触动了连在卡榫上的细长竹子，那么这根竹子会将卡榫转动，绳子就立刻松弛，九芎树随即会向上弹起，把动物网起来吊在空中。

为了怕万一卡榫失灵，或者石虎避过了竹子，草螟仔另外在那细竹子上系了一根细绳通到伯公树上，可以由人操纵。

草螟仔同时带来一支他父亲留下的标枪，他把它放在树下土地公神位后面。

"现在我们得轮流来看守陷阱。"草螟仔说。

"我和老鼠湘没有多少时间。"雄牯摇摇头说，"我们只有在大人睡午觉时才能蹓出来。"

"没关系，你们能来就来，我和土狗仔会在这里。"草螟仔说。

雄牯很羡慕这两个山上孩子的自由自在，他有时还会有那么一刹那，羡慕没有阿爸阿公的孩子哩。

"我要走了，大人可能快醒了。"雄牯说着就急忙离去，瘦小的老鼠湘就像雄牯的影子一般随他身后而去。

又半个月过去了，九芎林的野狗差不多全都被消灭了，可是石虎仍然没有被铲除。这个有点邪门的野兽，叫人们打从心底升起一种莫名的恐惧。

大人们时时磋商着，就是想不出一个好法子来对付石虎。在这情形下，九芎林的人怀念起草螟仔的父亲来了。大家深信，要是他不死，石虎就是长了翅膀，他也会把它捕获。

住在山脚的人们更懊悔当草螟仔他爸生病时，没有借钱给他让他去城里看医生。有的人甚至认为，石虎就是草螟仔他阿爸死后变的。

几天过去了，陷阱毫无动静，石虎依然出没无定。

中秋节这天凌晨，雄牯突然醒了过来。他看着近地平线的满月，心中涌起一种奇怪的冲动，他想去陷阱那边看看。

"现在石虎吃饱了，他会去喝水，然后回到树林去睡觉。"雄牯心中这样对自己说着。

雄牯伸手去推醒在他身旁的老鼠湘，老鼠湘竟然就醒了。

"老鼠湘，起来。"雄牯轻声说，"我们去伯公树那里。"

"三更半夜你去伯公树做什么？"老鼠湘睡眼惺忪地坐起来问道。

"天快亮了。"雄牯说，"我刚梦见陷阱捉到石虎了。"

"你是不是还在梦游？"老鼠湘迷惑地看着他的堂哥问，他怀疑雄牯得了梦游症。

"没有啦！"雄牯说，"你到底去不去？"

老鼠湘揉揉眼注视着雄牯，心头犹疑着，他还是看不出他的堂兄是真的在梦游，还是又想出了什么点子。

"你去不去？不去，我自家去！"雄牯说着就轻轻下床。

"好，我跟你去。"老鼠湘也下床。

堂兄弟两个人蹑手蹑脚出了房门。

屋子里仍是一片漆黑，只有厨房那边有微弱的光线，分明已经有人在做饭了。

雄牯不知道今天轮到哪一位伯母或婶婶煮饭，反正不是雄牯的妈妈就是了。要是轮到雄牯的妈妈做饭，雄牯在前一天傍晚就得挑水取柴了。

满月斜照,大地颇明亮,稀稀疏疏的鸡鸣穿破寂静的清晨。两个村童一路奔跑来到伯公树下,随即爬上树去坐在横枝上,静静地望着树林那边。

在明亮的月光下,雄牯依稀可以辨出树林边的几棵树种——相思树、枫树、苦楝、九芎,还有乌桕。

那棵树干光滑、被绳子拉弯的九芎树,在月光下像一个弯腰俯身的巨人。

四周死亡般寂静,静得有点邪门与可怕。一种沉重的气氛压迫着雄牯的心房,使他心神不安。

满月西沉,曙光普临,景色逐渐清明……

老鼠湘倒十分安然。跟着雄牯,他没有什么要操心的,他只须听雄牯的吩咐,有麻烦雄牯会顶下来。

突然伯公树震动了一下,雄牯吓了一跳。他紧张地回头看,以为是石虎跳上树了,但那不过是老鼠湘挪了一下屁股。

"不要乱动。"雄牯瞪了老鼠湘一眼,压低嗓音,不满地说,"你这一动,老虎都会吓跑,不要说石虎了。"

伯公树又恢复了安静,但雄牯的心犹兀自怦怦地跳着。

"雄牯!看那边!"老鼠湘突然激动地指着小溪下游方向,以不胜压抑的声音说,"好像是……好像是石虎!"

雄牯朝着老鼠湘指的方向看过去,立刻看见一头像土狗一般大的猫,沿着干溪一直走上来。

"真的是……是……石虎……"雄牯顿觉得血脉贲张,紧张得牙齿微微打战,双手发抖。

石虎每跑一小段路就停下来,抬头朝左右机警地张望着,然后又回过头仔细地瞧瞧它走过的地方,两个耳朵也转来转去地倾听着。

石虎走路时,全身肌肉极有韵律地波动着,好像一头金钱豹。

"只有野兽走路才这样好看。"雄牯不禁暗暗地赞叹着。

又行又停,石虎终于来到小干溪的积水处,它在水边东张西望了好一会儿,这才低头下去用舌头舔着水。舔了一会儿它又抬起头来朝四周张望和倾听,然后又低下头去舔水。如此反复地进行着,直到它喝够为止。

喝完水后,石虎朝着溪岸凝望。它迟疑着,忽然一纵身跃上溪岸。它站在那里看着四周,又对着树林那边凝视、倾听,再把鼻子举高对着空中嗅个不停。

这时朝阳正缓缓升起,晨光照在石虎身上,钱币似的圆斑像浮雕一般呈现出来,美丽极了。

石虎转脸朝着朝阳,它的眼瞳眯成了一条线,一会儿后它转脸对着树林并朝林子举步前去。

石虎慢慢走进了陷阱,它在机关卡榫上嗅了几下,从容地跨过那根连在卡榫上的细竹子,朝网外举步而去。

雄牯和老鼠湘都为石虎美丽的皮毛和姿态迷惑了,他们一意欣赏着石虎。这时,雄牯眼看着石虎的前足跨出网外,心头猛然清醒,立刻拉动细绳。

轰然一声,九芎树的树枝猛力往空中弹去,渔网同时朝空中吊起,正好网中了石虎的右后脚。

"啊哦——呣——,啊哦——呣——"石虎在空中挣扎着,咆哮着,锋利的爪子怒张着。

极具弹性的九芎树把石虎一上一下地吊动着。

"坏了!只网到一只脚!"雄牯紧张地说,两眼紧盯着在空中扭动挣扎的石虎。

"我们必须弄死它，不然会被它脱逃。"雄牯自言自语地说，突然他想到了草螟仔留在树下土地公神位后面的标枪。

雄牯以不可思议的速度爬下树，顺手抓起了标枪朝小溪飞奔过去。雄牯手中拿的是一枝五尺长、桂竹柄的双锋标枪，又尖又利。

雄牯举着标枪，像发疯一般越过小溪跳上对岸。正要举标刺向石虎时，石虎一声怒吼，猛一翻身，突然后脚竟脱网而出。

雄牯感到标枪突然沉重地压下，力道一偏，他的手再也把持不住，他赶忙双手抱头保护头部。

石虎朝雄牯落下，正好迎上雄牯举着的标枪，标尖斜斜穿过石虎的腹部。

石虎连同插在它身上的标枪从雄牯肩背旁落下，它的一只前爪正好抓破了雄牯的背部，把雄牯那件以面粉袋缝制的上衣，从那印有双手相握和美国国旗的中间撕开，露出三道淌血的抓痕。雄牯抱在头上的手臂，也被石虎锋利的獠牙擦割了一道伤痕。

石虎落地后想往树林里跑去。可是，标枪仍插在它身上使它无法前进。于是它拼命挣扎着，猛跳着，好像一条刚被钓上岸的大鱼，然后它又用利齿去咬穿过腹部的标枪柄。

雄牯吃石虎一爪，身子向前冲了两步，脚被石头绊了一下，人就扑倒在地上。这时他已经吓得无力站起来了，只是回头呆呆地看着乱滚乱跳的石虎。

慢慢的，石虎的挣扎越来越微弱，最后终于不动了，但两只眼睛仍然怒张着，好像是为它栽在一个小孩子手里而死不瞑目。

"雄牯！雄牯！"小溪上游方向的小路上出现了两个急奔而来的村童，是草螟仔和土狗仔。

"我们听到石虎的叫声,抓到没?"草螟仔跳上溪岸来,劈头就问。

但当草螟仔一看到遍地的鲜血和死去的石虎,他立刻变得目瞪口呆。

老鼠湘这时也从惊恐中恢复过来,他滑下树,急急跑过来。

"啊!雄牯你受伤了!"土狗仔突然发现雄牯的背上流着鲜血,他叫了起来。

雄牯点点头,同时伸手去摸自己的背。他并不觉得疼。

"哎呀!坏了!"草螟仔突然惊叫一声说,"这石虎有疯狗病呀!"

恐惧立刻就抓住了四个孩童,他们几乎同时哭了起来,老鼠湘的哭声尤其凄惨。

草螟仔和土狗仔扶起全身瘫软的雄牯,一面哭一面朝雄牯的家走去。

雄牯躺在竹制的躺椅上流着泪,全家人也跟着默默流泪,没有一个人开口。

雄牯想着死亡。死亡又是什么呢?他知道的死亡是死人静静地睡着,活人拼命地哭。

雄牯害怕死,只是他怕像草螟仔的阿爸那样,被人装在棺材里抬到荒凉的公墓埋掉,然后被野狗挖起来……

但是雄牯现在除了有点困以外,身体没有一点不舒服。"如果困就是死,死也没有什么可怕嘛!"他想着,恐惧渐渐从雄牯心中散去……

突然远处传来一阵甜美的铃声,雄牯忽然像触电一般,屁股一弓就坐了起来。

"卖冰的阿泉伯来了。"雄牯站了起来喜形于色地说,"老鼠湘,阿泉伯来了!"

雄牯率先跑出门,后面跟着一群堂弟堂妹,孩子们又叫又笑地跑着。

这时,雄牯的二伯父正把石虎抬回来,雄牯的祖父走过去详细地检查了石虎的眼睛、鼻子、嘴,又割开肚子查看石虎吃的食物,里面有半只鸡。

"还好,这条石虎至少不是害死阿黄的那条石虎。"雄牯的祖父说,"害死阿黄的那条石虎,疯狗病应早就发作了,但这条石虎表面看来却没有疯狗的症状。"

大人们都转忧为喜,雄牯的妈这时却大声哭了起来,在此刻之前,她只是泪流个不停。

"但你们也先别高兴。"雄牯的祖父忧虑地说,"虽然这条石虎不是害死阿黄的那一条,但在这疯狗病流行的时候,谁又能保证,这条石虎不带有疯狗病毒呢?"

一段话又使忧虑重新罩上了每个人。

"让我们把孩子交给神去决定吧!现在我们能做的,就是求大慈大悲的观音菩萨保佑了。"

"大慈大悲的观音菩萨啊,我们的苦难还不够吗?"雄牯的祖父望着神桌上的观音像说。

全家人的眼泪纷纷落了下来。

"九芎林的男人都该惭愧,惭愧那伤口不是在我们大男人的身上……"雄牯的祖父呜咽着说,眼泪滂沱而下。

那天下午突然下起倾盆大雨,一直下到黄昏……

春 雨

　　寒冬渐去，天气逐日暖和。菜园里正开着金黄色、有特殊强烈气味的茼蒿花，农妇们忙着收获去年秋收后撒播在稻田里的菜头和芥菜，一担一担的蔬菜往回挑，堆积在农舍的空场上等着晚上处理。农舍附近的空地上正曝晒着遍地的菜头干，晒谷场上架起了竹架子，上面挂晒着一排排酸菜。男人们在收获过的田里灌水犁田，空气温暖而懒散，四处混着新翻泥土、茼蒿花、菜头干还有酸菜的气息。

　　这样春暖的日子，雄牯却觉得烦死了。一大早要把一桶一桶的菜头片和酸菜提出去晾晒，下午放学回来要去田里帮母亲拔菜头，洗干净，再挑回家，然后再切成一片一片，放进大木桶里用盐腌一夜。次晨再拿出去晒，每天傍晚怕春雨骤来，又得把它收回屋里。每个晚上还得踩酸菜，这是雄牯最讨厌的一件事，又吃力又无聊。母亲把芥菜一棵一棵、一层一层叠堆成一席宽、半人高，然后在上面撒盐巴。孩子们就上去踩，一直踩到芥菜熟透。母亲就取去最上一层的芥菜放入木桶中腌渍，孩子们又继续踩，如此一层一层踩下去。

　　每次踩芥菜，雄牯就和老鼠湘唱着学校教的歌，或者计划着

秋收后的田野

那即将来临的大日子——捡竹笋壳。

"雄牯！你看还要多久才有竹笋壳可以捡？"一个晚上，他们在黯淡的小油灯下踩着芥菜时老鼠湘问道。

"快了！"雄牯打了一个哈欠说，"今天我在田尾的沟里洗菜头时，遇见了草螟仔，据他说桂竹笋已经快可以采食了。"

"哇！真的快了。"老鼠湘兴奋地说，"你看还有几天就有竹笋壳？"

"大概要半个月！"雄牯说。

"会不会遇上我们家秧插？"老鼠湘有点不安地问。

"大概正好插完秧了。"雄牯掰着指头算日子说，"酸菜和菜头约要再四五天，然后我们要踩菜头，接着就插秧了。也许正好我们有空去捡竹笋壳。"

"不知道今年阿相仔的妈收竹笋壳是否跟去年一样，二十个一角银？"老鼠湘关心地问。

"哼！那个制竹笠帽的阿赐婶呀，小气得要命！"雄牯不满地说，"明明说好，无论竹笋长短都二十个一角银，可是到时候又说长的二十个一角银，短的三十个一角银，真气死人！"

"我看她是专门骗小孩子！"老鼠湘也气愤地说，"我们花了三天捡五大把，却只卖了一块两角银。"

"可是又有什么办法呢？"雄牯一口气说，"一圆两角，对我们来说可是比压岁钱还多两角银。"

"我们今年往哪个山去捡？"老鼠湘问。

"今年我想往三段崎那边的竹园去。"雄牯说，"去年在石头坑的竹园捡的大部分是短的。"

在插完秧之后的第一个星期日，雄牯和老鼠湘迫不及待地上山了。这次堂弟阿勋也跟上了，他们一早就到了三段崎的山脚下。

三段崎是一条翻过山通往新埔镇的小路的名字,是五座屋庄和附近的几个庄子通往新埔镇的快捷方式。

"老鼠湘,你和阿勋顺着小路右边的竹园往山上捡去,再从更右那边的竹园朝山下捡,我捡小路左边的竹园。"雄牯说,"短的竹壳也捡,如果价格不好,我们就留给祖母在五月节(端午节)时包粽子用。"

"我们在哪里碰头?"老鼠湘问。

"在山脚前面的土地庙好了。"雄牯说,"就是邓家旁边那个土地庙!"

"好!"老鼠湘说,"阿勋,你背布袋,我们走!"

雄牯钻进小路左边的桂竹园里,捡拾从桂竹笋上脱落下来的壳。这正是用做竹笠帽的材料,也是包米粽的好材料。

当雄牯到达山腰时,一片荆棘阻住了他。雄牯朝左绕道,结果却折入另一边山的大片竹园里。雄牯只顾着捡竹笋壳,却不知道自己弄错了方向,已偏离三段崎小路好远了。这时忽然下起了细细而略寒的春雨。

雄牯在竹林中找到一道小径,急急忙忙沿着小径前进,希望找到一个可以避雨的地方。

小径出了竹林,进入一片散缀着柿子树的茶园,再通入一大片柑橘园。小路的尽头处矗立着一座颇为陈旧的小泥屋,坐落在山腰的一小片平台上。

雄牯背着半袋的竹壳半跑着,想冲到小屋的屋檐下避雨,忽然他发现一个瘦而美的小女孩,背上背着一个娃娃,站在小屋的门口。正好那女孩也看到了雄牯,他们的眼光突然碰在一起,两个人默默地互相打量着。

雄牯全身为之颤动了一下,他可从来没有与一个女生这样子互相注视。他想赶紧收回眼光,但是那女孩的眼睛却奇异地吸住了他。在学校里,雄牯绝不屑看一下女生,也不与女生谈一句话,可是他现在却不由自主地看着她。他感觉他与她似乎能透过彼此的眼光来交谈,这情形是不会在男童伴之间发生的。

雄牯突然觉得这个瘦而清秀的女孩子好可爱,好令他想开口与她说话。可是他发现他的嘴一点也张不开,舌头似乎被胶住了,因为他终于认出眼前这个女生正是他的同班同学——阿凤。

"雄牯!"阿凤这时也认出那个背着怪袋子的人是雄牯,大方地轻轻喊了一声。

"阿……阿凤!"雄牯困难地回叫一声,他的脸一下子就红热起来,他惊奇自己怎么会这样喊女生的名字。

双方一阵沉默,四周传来春雨打在树叶上、草上的淅沥声。

"进来避雨吧!雄牯!"隔了一会儿,阿凤又开口说。

"雨不大!"雄牯随口回说,但他一闭上口又后悔如此回答,他原是找地方避雨来的。

"啊!雨虽然不大,可是仍会打湿衣服。"阿凤关心地说,"你还是进屋里来避避雨吧,不然会感冒的。"

雄牯犹豫了一会儿,这时他的确感到了寒意,于是他慢慢向着门口走去,阿凤也退入屋里让雄牯进门。

雄牯放下布袋,打量了一下屋里,屋内陈设颇为简单,除了一张摆着祖先牌位的桌子,就只有四张竹椅子摆在不十分平坦的泥地上。

"请坐!"阿凤说着就转身走进另一室,然后提出一个小竹篮,篮内盛着半篮子的桶柑。

"尝尝看!"阿凤笑着说,同时把篮子摆在雄牯的座位前,

"这是我们自己园里采的,虽比不上碰柑甜,但桶柑的味道浓而香。"

"谢谢!"雄牯说,忍不住咽了一下口水,但他却不好意思伸手去拿。

"不要客气!"阿凤拿起一个桶柑递给雄牯时问道,"你从哪里来的?"

"我去三段崎捡竹笋壳,"雄牯剥着柑皮说,"结果遇到雨,又走错路,就胡乱地走,却走到这里。"

"三段崎!"阿凤伸了一下舌头说,"三段崎离这里蛮远的啊!至少有三个山背!"

"嗯!"雄牯放了一瓣桶柑入口,说,"老鼠湘还在那边哩!"

"怎么不跟你一道?"阿凤奇怪地问。

"我们分路找竹笋壳,约好在邓家边的土地庙碰头。"雄牯一面嚼着一面说。

"这雨不知道要下到何时哩?"雄牯望门外说。

"大概不容易停,"阿凤也望着门外说,"春雨总要下个两三天。"

"下雨天最烦人了,什么事都不能做!"雄牯叹了一口气说,说完他把最后一瓣桶柑塞入口中。

阿凤又从篮里捡了一个大的递给他。

"啊!雄牯,我忘了谢谢你,上次在文昌庙坪你救了我,不然我一定会被那大蛇咬着。"阿凤想起上次去文昌庙坪看福佬人耍蛇,雄牯替她解围之事。

"哦!——算不了什么。"雄牯有点得意地说。

"我那时真怕死了啊!"阿凤缩缩脖子说,突然她背上的娃娃被这动作惊醒,哭了起来。

"乖……乖……"阿凤喃喃地说着,身子不断轻轻地摇动着,一会儿娃娃又睡了。

"你父母亲呢?"雄牯问。

"我母亲去竹东卖桶柑,我父亲去台北了。"阿凤说。

"台北!"雄牯惊奇地问。

"是的!"阿凤说,"我父亲去台北找房子,啊!我们很可能就要搬到台北去了。"

"搬去台北?为什么,这里不是住得好好的吗?"一连串的疑问从雄牯口中冲出。

"我们太穷了!"阿凤感伤地说,"终年工作得像牛像马,结果呀,还是吃不饱。"

"你们有茶园、有柿子、有橘子啊!"雄牯不以为然地说,"我们家是种稻子的,但是我们还没有纯白米饭吃哩!一碗饭里有一半以上是地瓜呀!可是我们也没有搬家的打算哩!"

"你们家可比我们家强。"阿凤苦笑着说,"我们三餐只有早午两餐有地瓜饭,晚餐总是吃纯地瓜或地瓜稀饭,而菜呀,就是地瓜叶煮一煮而已。"

"为什么呢?"雄牯迷惑地问,"茶和橘子不是可以卖很多钱吗?"

"去年和今年的茶价、橘子价很低。你看,我母亲每天挑一担七八十斤重的桶柑,走两三个钟头到镇上卖,也只能卖到二三十元,我们忙了整整一年,橘子只能收获一次。如果价格不好或者产量不好,我们……"阿凤说到这里眼眶红了起来。

"那么搬到台北又怎样?"雄牯问。

"据我在台北做工的叔叔说,在台北做杂工也比耕田强,何况我父亲还懂一点泥水方面的工作。"阿凤眼中充满着希望，"我父亲说，在台北我们就有白米饭吃了。"

"那你就要转学了喽？"雄牯心中突然涌起了一丝酸意。

"是呀！"阿凤说，"大概在清明前后吧！"

"雄牯，如果我写信给你，你会回我信吗？"阿凤脸红红地低头轻声问。

"啊！我不会写信，"雄牯急急地说，"我没有写过信。"

"你会的，只要你愿意。"阿凤仍轻声地说，"我知道你是我们班上最聪明的。"

"你才是最聪明的啊！"雄牯真心地说，"每次都是你拿第一名，我却每天都挨老师打，被老师罚站。"

"你只是不喜欢读书而已，啊！雄牯，你怎么从来不肯写家庭作业而宁愿挨打？"阿凤不解地问。

"这是我的秘密，我告诉你，你切不可告诉别人。"雄牯神秘地笑着说，"写家庭作业至少要两个小时才写得完，而挨打只要五分钟就不疼了，所以我宁愿挨几下打，换取两个小时的玩耍！"

"哎呀！你真聪明得像鬼了！"阿凤吃吃地笑了起来，"我看你长大会变成像廖添丁那样高明的飞贼。"

"胡说！"雄牯略有不悦地说，"我长大要像养鸭阿郎那样，生活得又简单又自由，像他那样到唐山各地去游历，去看遍地冰雪，游万里长城。"

"养鸭……"阿凤不解地问，"你要养鸭子？"

"不！不是，做什么都好，"雄牯解释着说，"我就是想到唐山游历而已。"

"如果你必须选一项职业，你会选择什么？"阿凤进一步问。

"也许去当兵,做一个将军。"雄牯说,"你呢?"

"我想当老师,教音乐的老师。"阿凤认真地说。

"哟,我最讨厌老师了。"雄牯不屑地说,"一天到晚就会打人、骂人、管人,不准做这,不准做那……"

"音乐老师不管这么多,只教学生唱歌,就像教我们音乐的那个女老师。"阿凤解释说。

"这还差不多。"雄牯说,"你的功课这么棒,歌又唱得很动听,以后你一定可以成为音乐老师!"

"这是我的梦而已。"阿凤喃喃而难过地说,"可是事实上,我连读中学的机会都没有。小学毕业之后,我就要留在家里煮饭、洗衣、照顾弟妹……"

雄牯听了心中深替阿凤难过,可是他不知该如何接话。两人都沉默了,只有无边的春雨密密细细地落着……

"我该走了,老鼠湘还在土地庙等我哩!"雄牯说着站了起来,同时背起了布袋。

"把剩下的柑仔带走,分一点给老鼠湘吧!"阿凤说。

"我带两个就够了。"雄牯随手拿起两个说。

"都带去!"阿凤把篮子的柑仔都倒入雄牯的布袋中。

"雄牯,有空再来玩呀!"阿凤说。

"好的!"雄牯说,"要等稻子除过草以后才有空了,下山的路怎么走?"

"来,我告诉你。"阿凤说,"你帮我把娃娃的头盖起来!"

雄牯放下布袋,用双手从阿凤的背后替她将背上小娃娃的头盖起来,这时雄牯突然感觉到他与阿凤之间有一种说不出来的亲近。

阿凤走出家门,默默地沿着屋前湿溜溜的小泥路,穿过几棵正开花的柚子树，一阵柚子花的香气袭来，雄牯深深地吸着气。

阿凤走在前面，低着头有点畏缩地慢慢走着，春雨像丝一样飘着。

"你沿着这条小路往下走。"阿凤在一个小岔路站定，指着一道下坡的小路说，"到了山脚，越过一道小竹桥就是牛车路，到了那里你就知道土地庙的路了。"

"谢谢你，阿凤，再见。"雄牯背着布袋走下坡去，接近山脚时他回过头来，看见阿凤仍站在那山腰上。他很想朝她挥手，可是他没有。

雄牯往上看了几眼，春雨就落在他眼里，把一切景象弄模糊了……

这一天以后，在学校里雄牯和阿凤彼此仍不敢打招呼或谈话，只有偶尔在一瞥之间交换一个会心的眼波。

稻田除过第一次草后的星期天，雄牯支开了老鼠湘独自去阿凤的家，可是阿凤的家门从外上了锁，雄牯怅然若失地回头。

一个星期六早上，正好是雄牯当值日生，全班同学都去参加升旗早会，只有雄牯一个人留在教室里，忽然瘦小的阿凤出现在教室门口。

"阿凤，"雄牯喊了一声，他看看左右，又咽了一下口水，"你迟到了。"

"雄牯！"阿凤轻声说，"我们明天搬家……"

一阵沉默，两个人都不知该说什么，运动场那边传来全体学生唱歌的声音。

"坐哪一班车？"雄牯打破沉默问。

"第二班车。"阿凤回答。

九芎林和新竹城之间，一天仅有四班客运车。

又是一阵沉默。

"放假你会回来吗?"雄牯问。

阿凤摇摇头说:"除非我父亲赚钱……"

这时运动场传来进行曲的音乐,这表示早会完毕,学生正排队返回教室。

"雄牯,再见!"阿凤猝然说,就回头跑出教室去。

雄牯站在教室里,眼看着阿凤消失在凤凰树荫里。

星期日早上,又下起濛濛春雨,老鼠湘一再催着雄牯一起去山上采杨梅,老鼠湘手里拿着雄牯的竹笠。

"老鼠湘,你自己去吧!或者找阿福一块去。"雄牯坐在屋檐下的石阶上不耐烦地说。

老鼠湘疑惑着,无可奈何地坐到雄牯旁边。

"我该去跟阿凤说再见!"雄牯心想,"她必是在三嵌店的招呼站*上车……以后再也见不到阿凤了……"

雄牯霍然从老鼠湘手中拿起竹笠戴在头上,走入春雨中,老鼠湘由后跟去。

雄牯走到大马路时发现老鼠湘跟在后面,不禁冒起了无名火。

"你是跟着来吃屁是不?"雄牯大声说:"你去采你的杨梅,我去办我的事。"

老鼠湘一下子被雄牯吓呆了,跟着他的眼泪也落下来,他伤心地又带着口吃说:"雄……雄牯,你最近怎么……怎么都不理……我……以前,你……你去……去哪里都让我……我……让我跟着……"

雄牯心中涌起一阵歉意和难过。

---

*招呼站:固定线路上的临时停靠点。

雄牯无言地站立着，春雨打在他的笠帽上，淅沥淅沥的，田野一片朦胧，空气中飘着稻田新除过草的特殊气味。

"好吧！你要跟就跟吧！"雄牯说，"我想去三嵌店。"

雄牯慢慢沿着马路走，老鼠湘像他的影子一般跟在他身后。

在靠近三嵌店时，从九芎林开出的客运车越过雄牯驶向三嵌店。

雄牯朝前望去，正好看见几个旅客越过马路走向大荜朴树下的招呼站，其中一个小女孩正是阿凤。

客运车驶至招呼站停了下来，旅客开始上车。雄牯看着，突然他奔跑起来向着招呼站冲去，可是这时客运车已经启程驶去。等到雄牯跑抵招呼站时，客运车正消失在两行高高的油加利树间，消失在濛濛春雨里。

"雄……雄牯！"老鼠湘从后边跑来，喘着气说，"你……你在追……追什么？"

雄牯的两眼从远处收回，倏然他灵机一动，抬起头来望向荜朴树。

"我来看荜朴结子了没有。"雄牯转过头来对老鼠湘说。

在暮春时节，孩子们常在一根细竹管内放置一支推竿做成枪，然后把荜朴子放进管内，再将推竿用力一推，荜朴子就"碰"的一声像子弹一样射出去。孩子们经常用这种荜朴枪玩作战的游戏。

"哎呀！我差点忘了，玩荜朴枪的时候到了！"老鼠湘猛然叫了起来说。

堂兄弟两人一起抬头望着叶色犹嫩的荜朴树，春雨就落入他们的眼中，高大的荜朴树立刻变成一片幻影。突然天空中响了几声春雷，隆隆地，然后又隐隐地消失在春雨声里……

还孩子一个快乐童年

　　印度的圣人喇嘛尊者在他的名著《大师喜马拉雅山》中一再强调："童年教育是人一生中的基石，童年播下的种子，他日终将开花结果。"从这里不难体会童年教育的重要。

　　但，我们要教孩子什么呢？这是非常关键的课题。首先，我们得对孩子在这段时期脑细胞的发育、生理及心理的状况有所了解，才不会导致揠苗助长，或压抑天分，而毁了孩子的一生。

　　我们看到许多广告高声疾呼："不要让孩子输在起跑线上！"这是一个耸动、矛盾又似是而非的观念。真正的问题是很多人把孩子的成长当做一场竞赛，而且是一项单项竞赛。好像只要赢了别人，人生就赢了。但人生可不是单项运动，而是如此多样，况且人生也不是什么竞赛，而是一趟美好的旅行，一段多彩多姿的历程，干吗把全天下的人拿来当竞争的对手？这些人全是来丰富你的，不是来与你竞争的。所以没有起跑点，只有同伴的集合点以及旅行的启程点！

　　很可惜，有太多的父母在为孩子建立第一个关键的人生观念上就错了，以致毁了孩子这辈子的快乐旅行。殊为可惜。

商业社会常以一个人赚多少钱、拥有多少钱来界定人的成就，而国家之间则以"国民收入"来决定这个国家如何如何……这个观念导致了人类的自私、贪婪、掠夺以及战争，也毁了多少人的人生美好快乐之旅。我们一面编织了理想国、大同世界、人间天堂等梦境，可是我们的生活、我们的行动却朝反方向前进……

数年前，许多有智慧的人提出对人生新的看待方式，我们不要再问"收入多少"这种永不会让人满足的问题，而改以"快乐多少"来决定，"快乐指数"、"幸福指数"应时而出，这真是一个"大哉问"。

于是大规模的调查展开了，得到的结果让众人跌破眼镜，像不丹、吉里巴斯这些国家年所得没几百块美金，是"国民收入"在全球吊车尾的国家，他们的快乐指数竟然是前几名。这让人惊觉，原来快乐与收入多少无关，反而是跟整个社会的观念、文化、精神、宗教更有关联。这正好给我们老师与父母亲去反省，你希望孩子是快乐一生，还是不知厌足地过着紧张竞争的一生？

《家在九芎林》是我的童年生活。虽然穷苦，却直接面对生活，深入土地，与自然万物为友。虽然得到的栽培少了一些，但也很少受到压抑。我们的生命力更强，情感更深厚，也更有创造力。所谓的台湾经济奇迹正是我们这一代人创造出来。当然，我们也有不少缺点，像今天我们难解决的生态与环保问题，也是我们这代人搞出来的乱摊子，现在还在继续胡搞。我用我另一本童诗集《村童野径》中的一首诗《童年感言》做个结尾：

贫苦的童年生活经验

经过时间的发酵

逐渐酿成甘美的回忆
酸涩的童年暗恋
也变成了甜蜜的诗篇
疼入心肺的伤口
结成了骄傲的疤痕勋章
那瑟瑟的泪水
如雨滴落的汗
变成源源不绝的灵感
原来生活中的一切苦辣心酸
都自有其深意
自有其完美
以喜悦的心
品尝人生中的一切发生与遭遇
生命自然精彩欢喜